GENTOSHA
OUTLAW
BUNKO

# 蜜と罰

館　淳一



幻冬舎アウトロー文庫

# 蜜と罰

目次

# 第一章　利尿剤

「ラシックスという薬、知ってます？」

有紀《ゆき》に問われて、圭《けい》は頷《うなず》いた。仕事がら、たいていの薬の名は頭に入っている。

「利尿剤だろ？　心不全や腎不全の患者に使うやつだ」

「それ、手に入りませんか？」

セックスのあとの気《け》だるい雰囲気のあとでベッドに腹這《はらば》いになり、煙草《たばこ》を吸いながらぼんやりとテレビを見ていた圭は、訝《いぶか》しい顔で有紀の顔を見つめた。

「ラシックスを？　誰が使うの？」

ラシックスは商品名で、薬品名をフロセミドという。注射薬と錠剤があって、一般の患者にはふつう錠剤が投与される。利尿剤というのは体内に溜《た》まった過剰な水分——浮腫を除くほか、血圧を下げるためにも使われるが、どう考えても有紀はそんな病気とは無縁の健康体だ。

排出した水分のぶんだけ体重が減るため、痩《や》せ薬として若い女性、病院内では看護師たちがこっそり使うこともあると聞く。しかし、今さっきくまなく愛撫してやった有紀の若鮎のような十九歳の肉体には、ムダな肉などどこにもない。

彼女はちょっと口ごもってから答えた。

「私です……」

「ちょっと待ってよ」

圭は有紀の方を向いた。シーツの下で二人の湿った裸身が擦《こす》れ合う。互いの肌から発する匂いと熱がシーツの隙間からムウッと立ちのぼる。

「ラシックスってのは、内服すると二時間ぐらい、じゃんじゃん小便が出る薬だよ。知ってるの？」

「知ってます」

有紀は目をそらすようにして答える。圭はますます訳が分からない。

「そんな薬がどうして必要なの？」

「だから、おしっこを出すために……」

「別に出が悪いわけじゃないんだろう？」

「はい」

「なら、どうして必要があるの？」

「当然の質問ですよね」

有紀は意を決したように、次の言葉を発した。

「私、お洩《も》らしすると、すっごく昂奮《こうふん》するんです」


中尾圭と笠井有紀は同じアパートの住人である。

二十三区に接したK市にある『メゾン・ド・パインツリー』というのがアパートの名だ。洒落《しゃれ》た名前だが、家主の姓が松木というだけのこと。部屋数は十二、ごくふつうの二階建てプレハブ集合住宅である。

圭は一階の一〇三号室、有紀は二階の二〇四号室にいる。住民はほとんどが単身者か子供のいないカップルだ。すべての部屋が一ＤＫと狭いので、子供のいる夫婦には向いていない。

圭の勤務先は同じK市にある緑友会病院。医療法人の経営する総合病院で診療科目十二、病床数九百余。市では大きいほうの医療機関だ。圭はそこの会計事務課に勤務している。

有紀は大学生だ。この春、地方から上京してきてメゾン・ド・パインツリーに入居した。

つき合い始める前の有紀は、大きな目が印象的だが、それ以外はあまりパッとしない感じの、地味で控えめな娘だった。

背はやや低め、体型はほっそりしている。容貌はやや子供っぽく、どことい って欠点はないのだが、かといって強くアピールする要素も希薄だ。まじめで成績はよいのだが、なぜか男の子に人気のない少女が、そのまま大学生になったような感じである。化粧とか洋服に凝り、遊び回るようなタイプではないことも影響していたらしい。

彼女のことで一つだけ圭の注意をひいたことといえば、ベランダに干す下着だった。

彼の窓から見上げると斜め上が有紀のベランダで、干してある洗濯物がよく見える。彼も若い男だから異性の下着にはどうしても目がいってしまうのだが、見る限りでは特にセクシィなものとかハデとかいうのではない。ただ、やたらにパンティの数が多いのだ。

アパート住いの単身者というのは週に一回とかまとめて洗濯することが多く、日曜の午前中などは満艦飾といった感じになる。有紀はまめな性格らしく、ためこまずに毎日のように下着を洗って干している。ところが、白とか淡いピンク色の少女っぽい色やデザインのパンティが三枚、四枚、時には五枚ということもある。この数の多さが不思議だった。

(一日に何枚穿《は》きかえているんだ？)

極端に潔癖症なのか、あるいは分泌物が多いのか。理由は分からないが、奇妙なものを感じていた。

二人を結びつけたのは、有紀が部屋で転倒、右足を痛めたのがきっかけだった。

その日は日曜日だったが圭は急患受付の当番で出勤していた。救急指定病院なので急患受付は無休で二十四時間開いている。

夕刻、有紀が救急車でかつぎこまれた。蒼《あお》ざめた顔でストレッチャーに横たえられた彼女がカウンターの前を通りすぎた時、圭は気がつかなかった。彼女が救急室に送りこまれたあと、救急隊の隊員が彼女の保険証を持ってきた。記載されている住所を見て同じアパートの住人だと気がついた。

「なんだ、この急患、おれと同じアパートに住んでいる学生さんだよ。どうしたの？」

健康保険証から必要な事項をカルテに写しながら、顔なじみの隊員に訊《き》いた。

「部屋の中で転んで、足首を何かにぶつけたんだな。最初は捻挫《ねんざ》だと思ってしばらくじっとしてたらしいが、痛みがひどくなって吐き気と眩暈《めまい》がしてきたものだから、自力で救急車を呼んだと言ってる」

「だったら骨折の可能性があるね」

「そうらしい。応急処置をした時、さかんに痛がってたからな」

やがて救急室の医師からカルテが届いた。予想どおり踝骨の剝離骨折で、全治一カ月と診断されていた。治療はギプスで固定するだけなので、入院など特別なことは必要ない。ときどき通院してギプスと包帯の交換をするだけだ。

健康保険証とカルテの記載から、圭は彼女のフルネーム、十九という年齢を知った。大学はK市から電車で三十分ほどの郊外にある女子大だ。

やがて看護師に支えられて、アルミ製の歩行補助具をついた有紀が急患受付カウンターにやってきた。

「あら」

さっきより血の気が戻った有紀は、事務員のこげ茶色の制服を着た青年が同じアパートの住人と気づいて、笑顔を浮かべた。一人で病院にかつぎこまれれば誰だって心細い。そういう時に知った顔に出会うというのは嬉しいものだ。

「一階の中尾さん……でしたよね？　ここにお勤めなんですか」

「ええ、事務員やってます。今日は大変でしたね」

診察券を作り、薬剤部から届いた鎮痛剤を渡しながら圭が慰めると、

「がっかりです。今度の連休、友達と旅行でグアムに行くことになっていたのに……」

しょんぼり肩を落とした。旅行のために棚の上のスーツケースを取ろうとして踏台から転落したのだという。

「それは残念。でも頭をぶつけて半身不随になったり死ぬ人もいるんです。これぐらいですんで良かった、という考えもできますよ」

圭は彼女のためにタクシーを呼び、乗せてやった。ふつうは患者が自分で公衆電話からタクシー会社に電話するのだが。

それから数日、有紀は学校を休んだ。その間、一日おきに病院の外科外来を訪れて包帯の巻き直しをしてもらわねばならない。圭は親切心から有紀の診察券を預かって、自分が出勤すると同時に外来の受付にゆき、顔なじみの看護師に頼んで有紀の診察の順番を早めてもらった。それだとあまり待たなくてもすむ。病院関係者の特権である。

「すみません、親切にしていただいて」

有紀はひどく恐縮したが、圭の好意をあえて退けることはしなかった。彼女なりにこの青年に好感を抱《いだ》いたということか。廊下ですれ違えば挨拶の他にひと言、ふた言交わすぐらいの親密さにはなった。

事故から一カ月ほどして、圭は彼女の部屋に招かれた。

その日は土曜で、前の日曜に出勤していた圭は連休になり、ぼんやりと家で時間を過ごしていた。夕刻、近くのスーパーに買い物にゆき、アパートに帰ったところで二階に上がろうとする有紀と顔を合わせた。彼女も休みで買い物帰りだということは、薄手のセーターにジーンズというカジュアルな服装と、手にさげた別のスーパーのポリ袋で知れた。もうギプスはとれて、補助具も使っていない。注意してみれば軽く足をひきずっているが、ほぼ完治に近い。

「おや」

　圭は目を丸くしてみせた。

「笠井さん、髪を切ったんだね」

　背中に垂れるほどの長い髪をゆるやかなソバージュにしていたのが、見事にアッサリと項《うなじ》が見えるほど短かく刈り上げてしまった。運動選手などが好むショートボブだが、後ろから見ると、うっかりすると少年に見間違えられかねない。有紀はニッとはにかむような笑顔を浮かべた。

「そうなんです。ギプスもとれたことだし、心機一転しようと思って」

「似合いますよ、見違えた」

　そう言ってやると、

「そうかしら。ちょっと自信がないんだけど」

　お世辞でも素直に嬉しそうな顔をした有紀は、すばやく圭も買い物帰りだと知って、

「お一人で食事するんですか？」と訊いてきた。

「はあ、別に一緒に食べてくれる人もいませんのでね」

　圭が苦笑いしてみせると、

「よかったら、私のお部屋にいらっしゃいません？　いろいろお世話になって何のお礼もしていません。せめて私の手料理でも。今夜は鍋ものにしようと思っているのです」

「でも、お邪魔じゃないですか」

一応はためらってみせ、それから承諾した。今夜の有紀には、なんとなく親密で誘惑的な雰囲気があった。

一時間後、圭は彼女の部屋を訪ねた。キッチンが六畳、奥の洋間が六畳という同じ間取りだが、キチンと片付けられ、やはり女の子っぽい雰囲気になっている。

鍋はキッチンの食卓の上に据えられていたが、奥の部屋との境の引き戸は開け放たれてベッドの端が見えていた。閉め切っては狭苦しいから開けているのだろうが、やはりベッドが見えるというのはドキッとする。

有紀は明るい色のセーターに下はジーンズのミニのタイトスカートに着替え、料理の仕度を終えたところだった。

鍋の中身は鶏の水炊き。有紀は博多の生まれで、両親は今も博多にいると告げた。

圭は持参した白ワインを抜き、有紀もけっこうよく呑んだ。酔いが回り腹がくちくなると、圭は有紀の魅力に改めて惹《ひ》かれるものを感じた。

（うむ、髪を切ったせいか、ずっと少女っぽく見える）

アルコールがほどよく回ったせいか、ほんのりと赤みがさした顔はイキイキとして生気が溢《あふ》れている。いつも漂わせている何がなしか寂しげな雰囲気が、こうやって差し向かいでいると消滅していた。誰かのために料理を作り、一緒に食べるという行為が、彼女を活気づかせたのだろう。それは圭にしても同じことだ。

食事中、酔いも手伝って二人はお互いにかなり突っ込んだことを相手に質問し、それに答えた。有紀は女子大の英文科に学んで、将来は通訳とか翻訳の仕事をやりたいという。

「病院には若い看護師さんが大勢いるから、中尾さんはガールフレンドや恋人には困らないでしょうね？」

有紀にこう問われた時、圭は答えた。

「一介の事務員なんてモテないよ。たとえ研修医であっても医師の方が将来性がある。勤務医なら金もある。こっちは貧乏なサラリーマン、勝負にならない」

「じゃあ、あんまり面白くないでしょう？　転職なさればいいのに」

圭の雰囲気から、彼が地味な仕事に向いているとは有紀も思っていなかったようだ。

「理事長がぼくの親戚でね、ブラブラしてたら無理やりに就職させられて……今のところ、ちょっと逃げだせないの」

「ブラブラしてたって、プータローしてたってこと？」

「大学を出て、一時、就職したことはしたの。医療機器会社のセールスマン。だけど、すぐに辞めちゃった。それから少しプータロー生活で……」

「前のお仕事はおもしろくなかったから？」

肯定しようとしたが、それでは、もっとつまらなそうな、病院の事務員をやっている理由を突っ込まれる。

「というより、問題があって……」

「どんな問題？」

「まぁ、女性のね」

「ははぁ。じゃお聞きしないわ」

有紀は分かったというふうに悪戯《いたずら》っぽく笑ってみせた。女性の問題というのは嘘ではない。

圭はホッとした。母の伯父である理事長は、彼が騒ぎを起こさず三年辛抱したら、もっとやり甲斐《がい》のある仕事をさせてやると約束してくれている。あと一年半は、いわば執行猶予で釈放された受刑者のような状態でいなければならない。

「今度は有紀さんのことを教えてよ。恋人とかボーイフレンドは？」

逆襲されて、女子大生は少しひるんだ表情になった。

「いる、と言いたいけど、いません。いたら土曜日の夜、中尾さんと鍋をつついていないでしょう？」

正直に告げたことに好感を覚えた。彼女には軽薄な遊びに耽《ふけ》っている雰囲気はない。

その時、椅子に腰掛けていた有紀が不用意に脚を組みかえたので、ミニタイトの裾がめくれあがって、素足の太腿《ふともも》が上の方まで覗《のぞ》けた。ふくらはぎまではすんなりと細いのだが、膝《ひざ》から上はよく脂ののった白い、むっちりした太腿だ。健康なエロティシズム。圭は自分が勃起しているのを自覚した。有紀の肉体から芳香が発散されている。香水ではない。健康な若い牝が牡を惹きよせるために髪や肌から放つ甘い香りだ。

(ううむ、そそられるな)

圭は激しく襲ってきた欲望に圧倒された。

有紀が鍋を片付けにキッチンの流しに立った時、細い腰に反比例したヒップのふくらみがとりわけ強調されて圭の目に映った。彼を誘うようにぷりぷりと揺れている。

(押してみるか)

圭は決断が早い。悪く言えば軽はずみで衝動的ということだ。ウジウジと相手の出方を待つというのは彼の好みではない。すばやく立ってゆき有紀の背後から体を押しつけ、薄手のセーターの上から優しく胸を揉《も》んだ。同時に彼女の項に唇を押しつけた。若い牝の髪から香り立つ甘い匂いが深く鼻腔まで殺到する。

「あ……」

抱きつかれた時、有紀は低い驚きの声を洩らしたが、あとは無言で、手にした食器はそっと流しに置かれた。

圭は股間の隆起を女の臀部の谷に強く押しつけてやった。衣服ごしでも彼の欲望の激しさは伝わったに違いない。年上の青年が有紀の耳に熱い吐息を吹きかけてやると、女子学生の全身から力が抜けた。

「いいだろう?」

「………」

後ろから抱いたまま無言で頷く有紀を寝室へ連れてゆき、ベッドの上に押し倒した。

有紀は自分から積極的には動かなかったが、六歳年上の男の攻撃から逃げようとはしなかった。彼が自分の体に対して行なったすべての行為を従順に受けいれた。自分の部屋に誘った時から、誘惑されるのを覚悟していたような感じだ。

有紀の体は服を着ている時は手も足も細くすんなりとしているのだが、裸にすると乳房もヒップもほどよく発達して、しかも充分な弾力をもっていて、牡を充分に欲情させる性的な魅力をそなえていた。

圭は抱擁し、接吻し、愛撫しながら、一枚一枚、身に着けているものを脱がしてゆき、最後にパンティ一枚にした。有紀は受身一方、なされるがままだ。圭は自分も服を脱ぎ、ビキニのブリーフも脱ぎ捨ててまっぱだかになった。

仰《あお》向《む》けにした有紀の上に覆いかぶさり、乳房に吸いつきながら白いコットンのパンティの下へと指を這わせてゆく。サラサラとした感触の草むらに触れた。少なめな秘毛だ。秘丘を下ってゆくと、羞恥の谷間は充分に潤っていた。

(処女じゃないな)

そう確信しながら彼は濡れた粘膜を指で愛撫しながら、有紀の手を自分の怒張へと誘導した。

「…………」

有紀は無言で、彼の期待するとおりに手指を動かした。

「あっ、はあっ……」

やがて彼女の唇から高熱に苦しむ患者のような喘《あえ》ぎ声が洩れてきた。圭は有紀のパンティを引き下ろして足先から引き抜くと、股をこじ開けるようにして自分の腰を進め、灼《や》けるように熱く、ズキンズキンと脈動している欲望器官を、薄白い涎《よだれ》のような液を溢れさせている秘唇へと押し当てた。

結合はスムーズだった。有紀の性愛器官は力強く根元まで侵入してきた肉根を心地よく締めつけて迎えた。

彼女の唇を吸いながら、圭は情熱的に腰を使った。ベッドのスプリングがギシギシと軋《きし》む。

「うー……むーっ、うーン……」

有紀の呻《うめ》きは、ある程度の快感を得ていることを示してはいるが、決してそれ以上に乱れることはなかった。それでも圭は昂《たかぶ》り、柔肉を犯し続けて数分後、絶頂を迎えた。

「おっ」

最後の瞬間に抜去し、相手の下腹に熱い牡液をドクドクッと迸《ほとばし》らせた。

「ふうっ」

すっかり放出して汗まみれの胸を有紀の胸に重ね、息をついた。激情に翻弄されて避妊を忘れてしまうほど、圭は未熟ではない。

「そのまま出してもよかったのに……」

しばらく目を閉じて男の余情が薄れるのを待っていたような有紀が、フッと目を開けるとかすれたような声で告げた。

「生理が終わったばかりです」

「ごめん、出す前に確かめてみればよかった。でもきみに負担をかけたくないからね」

「やさしいんですね。嬉しいわ」

白い前歯を見せてニコッと笑う。

「女性は男よりハンディがあるもの」

有紀は枕元の小机からティッシュペーパーの箱をとり、自分の体にかけられたねばっこい液体を拭《ぬぐ》い、まだ萎《な》える様子のない圭の器官もくるむようにして拭った。

「うふっ。元気ですね。なかなか小さくならない……」

嬉しそうに言って握りしめてきた。

（この女、反応はいまいちだけど、セックスが好きなことは好きなんだな）

圭は確信した。案外、高校時代にかなりセックスの経験をしてきたのかもしれない。最近の女子高生ときたら、見かけだけでは分からない。真面目で内気そうな子が平気で売春したりする。

「シャワーを浴びてから、もう一度楽しみたいな」

提案すると有紀は反対しなかった。二人は全裸で浴室に入り、互いの体に石鹸《せっけん》の泡をたてて洗ってやった。

浴室を出ると、圭はベッドの縁に有紀を腰かけさせて、その前に跪《ひざまず》いた。

「よく見たい」

「恥ずかしいわ」

有紀は自ら腿を大きく拡げた。

「うむ、可愛い眺めだ」

薄めの、逆三角形の秘毛が覆った丘の裾、秘唇はほぼ左右対称で、どことい って発達しすぎた部分もなく、色素の沈着もほどよい濃さだ。

股間に顔を埋《うず》め、圭は濃厚な性器接吻を行なった。

「ああ、いい……素敵っ」

有紀はようやく激しく乱れ始めた。クンニリングスが好きなのだ。

圭は彼女の両足を自分の肩にかけるようにしてヒップを浮かせてやった。露呈した菊の花弁状にすぼんだ排泄のための孔《あな》にも舌を這わせた。

女はいっそう乱れた。アヌスに接吻されるのも初めてではない。初めてだと狼狽《ろうばい》したり嫌がったりするものだ。

(こっちも体験を積んでいるな)

アヌスのすぼまりの奥を舌でつつき、一方の指を前の柔肉トンネルに突きたてながら、圭は思った。驚いたことに有紀のクリトリスは膨張するとかなり大きくなる。小さい子供の小指の先ぐらいに尖《とが》ってせり出す。そこを愛液でまぶした親指の腹で優しく擦りたててやる。

「ひー、ヒイッ、ううッ、むー……」

有紀は軽いオルガスムスに達してしまった。

今度は圭がベッドに腰かけた。有紀が彼の股間に顔を埋めてお返しの奉仕を始めた。

(ほう、なかなかのテクニックじゃないか)

圭は堪能した。有紀は奉仕しながら手と指で睾丸からアヌスの方まで撫でたり揉んだりしてくれる。

「では、本格的な二回戦と……」

圭は有紀を四つん這いにし、背後から挑みかかった。

「うっ、ううっ……」

牝犬のように貫かれる有紀の反応は、さっきとは比べものにならないほど激しい。抽送《ちゅうそう》しながら圭は前に手を回し、充血したクリトリスをいじってやった。

「ああっ、やンっ……ううっ！」

ひときわ高い声をはりあげた時、圭も噴きあげた。今度は子宮に届けとばかり勢いよく膣奥へと白いエキスを噴射した。

——それが昨夜のことだ。

今日は日曜日。圭は結局、ずうっと有紀の部屋にいて、今は日も暮れる頃だ。

昨夜は二度の交わりの後に眠り、明け方に目を覚ましてもう一度交わった。それから熟睡して昼近くに目を覚ました。

二人とも今日は何かをするという予定はなかった。一度起きてシャワーを浴び、食事をしてからまたベッドに入った。

それから午後いっぱい、ベッドの中でいちゃつき合った。そうして二度、圭は彼女の体に牡のエキスを浴びせたのだ。

積極的に挑みかかるのは圭で、有紀は常にそれを従順に受けいれる。何かを嫌がったことも、自分から何かを要求することも一度もない。最後はかなり乱れるのだが、それでも圭は、彼女を徹底的に征服したという確信はもてなかった。

「最高です。こんなの」

圭が彼女の体で果てるたびに有紀は言うのだが、どうもその言葉が信じかねる。彼の方に不満があったわけではない。有紀の若くてピチピチした肉体はじゅうぶんに彼を楽しませてくれている。でなければ昨夜から五回も挑んだりはしない。

(何か、この女、もっと別のことを望んでいるような気がするな)

そんな、漠然とした印象を受けていた。

「私、お洩らしすると、すっごく昂奮するんです」

そのひと言で、だから圭は納得した。

(そうだったのか……)

ベランダに干してある何枚ものパンティの理由が分かった。しばらく無言でいたものだから、有紀が彼の顔を覗きこむようにしてきた。

「びっくりした？　ヘンな女の子だと思った？」

「いや」

圭はそう言って煙草を灰皿に押しつぶした。

「病院にはいろんな患者がやってくる。看護師に浣腸してほしさに、わざわざ便をとめる薬を使ってくる患者とか、ね。あそこを見られたいために、どこも悪くないのに泌尿器科や産婦人科にやってくる患者は男も女も多い。だから、たいていのことには驚かないよ」

「お洩らしが好きな女の人もいます？」

「ぼくは知らないが、看護師に聞くとおむつが好きな患者は多いらしい。老人だっていやがるのに、ぴんぴんした大人が手術の後なんか、進んでおむつをしてもらいたがると聞いたな。だから、当然、いると思うよ」

「…………」

有紀が黙ってしまったので、圭の方から口にした。

「ぼくと仲良くなったのは、ラシックスを手に入れてほしかったから？」

有紀は少し肩をすくめてみせた。

「そんな気持ちがなかったと言えば嘘になります。でも、中尾さんに魅力を感じなかったわけじゃありません。私、いかにも男々したって感じのひと、好きじゃないんです」

「それは、どうも」

圭は苦笑した。圭の肉体は体毛も薄く、筋肉が盛り上がったりしていない。どちらかといえば中性的で、肌の色も白い。男らしさを感じさせない肉体というのは真実だ。その指摘に怒る謂《いわ》れはない。それに圭は、不思議に有紀にはシックリするものを感じていた。だから言ってやった。

「欲しかったら、その薬、手に入れてやれないこともないけど」

利尿薬は処方箋が必要な薬ではあるが、それほど特殊なものではない。少しぐらいなら手に入れられるだろう。

「えっ、嬉しい。お願いします」

有紀は神妙な顔になって頭を下げた。

「しかし条件がある」

「どんな？　お金なら払います」

圭は苦笑した。

「興味があるんだ。きみが薬を使ってまでお洩らしで昂奮する。そんなふうになったいきさつを聞かせてくれないか」

少し考える様子だったが、ふうっと溜め息をついて頷いた。

「分かりました」

# 第二章　従姉弟

有紀の両親は博多で飲食店を経営している。

今はちょっとした小料理屋だそうだが、彼女が子供の頃は、昼は喫茶店、夜になるとスナックバーになるという店だった。

ある夜、店を閉めようという時に強盗が侵入した。その直前まで客で来ていた男だ。母親が一人だと思って脅かしているところに父親が迎えに来た。乱闘になり、父親は頭をビール瓶で殴られて頭蓋骨骨折、母親は蹴飛《けと》ばされた弾みに骨盤を骨折した。生命に別状はなかったが二人とも長い入院生活を余儀なくされた。

一人っ子だった有紀は、彼らが退院するまでの間、父親の兄——伯父の家で生活することになった。

その伯父というのは地元の大学の、当時は理学部の助教授であった。

以前から水商売などやっている弟を好ましく思っていない様子で、時には苦々しい口調で

「あいつは一家の恥さらしだ」などと言うこともあった。縁戚には代々、学者、官僚、軍人などが多かったせいだろう。そういう堅苦しい偽善的な家風に有紀の父親は反発したのだろう。高校を中退して水商売の世界に飛びこんだのだ。結婚した相手——有紀の母は同じキャバレーで働いていたホステスだった。

しかし当時まだ十歳そこその有紀は、これまでの生活とはまったく違った、ハイブロウな伯父の家での生活に戸惑い、少なからず萎縮してしまった。

伯父には二人の子供がいた。有紀にとってはいとこになる。姉はゆり子といい、当時、中学三年生。弟の悠一は三つ年下で小学校六年生。姉弟はどちらも発育がよく、かなり早熟であった。

二人とも父親の影響で叔父のことを軽視していたから、その娘の有紀も当然「ダメな叔父さんのところのダメ娘」である。だから絶好のいじめの対象になった。二人とも狡猾《こうかつ》で、他の大人たちの目の前ではあからさまに嘲《あざけ》ることなどしない。彼らだけになると牙を剝《む》き出して襲いかかるのだ。

特に彼らが年下のいとこを虐待したのは、有紀がおとなしく引っ込み思案の性格で、間違っても親に告げ口しない相手と見定めたからだ。つまり生まれついての奴隷的性格というのがあるとすれば、彼女はまさにそういう性格だった。逆にゆり子は生まれついての支配者的性格だった。日本人離れした美少女で、肉体ものびのびと発育している。そのセーラー服姿は、羨《うらや》ましいほどよく似合った。悠一も姉に似た美貌の持ち主で、こちらは小柄で、姉を崇拝し、姉の言うことは何でもきいた。

ある日、学校から帰ってくると、ゆり子と悠一が目を輝かせて彼女を待ち構えていた。

「おいしいお菓子があるよ」

そう言ってふだんとはうって変わった笑顔で小学校五年生の有紀にケーキを食べさせ紅茶を飲ませた。実はその中に、奥の離れに寝たきりでいる祖父に使われていた薬――利尿剤が入っていたことなど、有紀には知るよしもない。あとになって、その薬がラシックスだと知った。

少し苦いと思ったが、久しぶりに好意を見せてくれたのが嬉しくて、有紀はおかわりを断ることも出来ず、二杯も紅茶を飲んでしまった。

その直後、姉弟は態度を豹変させた。

「私たちがせっかくおいしいものを食べさせたり飲ませたりしたのに、あんたはちっともありがとうと言わないのね。何て失礼な子なの！　親の躾《しつ》けが悪いとこういう娘になるんだわ！」

怒ってみせたゆり子は、弟に命じて紐で有紀を後ろ手に縛りあげてしまった。

「何をするの⁉」

びっくりして泣き叫ぼうとする少女の口にハンカチが押しこまれ、さらに手拭いでしっかりと猿ぐつわを嚙まされてしまった。

動転した有紀が連れこまれたのは浴室だった。

父親は大学、母親は高校の音楽教師だったから、ほとんど家にいない。だから姉弟はそれまでの間、家じゅうのどこでも、有紀を好きなように嬲《なぶ》ることが出来た。

有紀は洋服をはぎとられ、スリップとパンティ一枚にされてしまった。

その恰好でタイルの洗い場に立たされた。彼女を後ろ手に縛った縄尻は蛇口の一つに結びつけられたので、逃げることは出来ない。

(いったい、どうする気かしら？)

残酷な姉弟は、下着姿で縛りあげたままの有紀を放置して、ニヤニヤしながら脱衣所から様子を眺めている。

彼らの意図が分かったのは少したってからだ。

膀胱に急激な痛みを覚えた。激しい尿意が襲来したのだ。

(わっ、おしっこ！　洩らしちゃう！)

有紀は狼狽した。こんなに急速に尿意がきたことなど、かつてなかったことだ。

顔を真っ赤にしてもじもじ腰を振り腿を擦り合わせて悶《もだ》える十歳の少女を見て、姉弟はゲラゲラ笑いだした。有紀も彼らの意図を察した。何か分からないが紅茶の中に尿意を催す薬が入っていたのだ。

必死で解放してくれるように哀願したが、猿ぐつわで口を塞《ふさ》がれているから声にならない。おかっぱ頭の少女は、とうとう泣きながらパンティを穿いたまま放尿してしまった。すごい勢いでパンティの底に放出された熱い液体は股布ごしに滝となって足の間に落ちた。それはジョージョーという音をたてて、信じられないほど長い間続いた。

「わーい、お洩らしだ。有紀がお洩らしした！」

屈辱と羞恥で気も狂わんばかりの少女を嘲笑する姉弟は、今度は彼女をタイル張りの浴槽に横たえた。底には栓をして。もちろん縛りも猿ぐつわもそのままだ。

十分もしないうちに再び激しい尿意が襲ってきた。有紀は再び狼狽した。前回は立ったままだから下半身が濡れただけだが、今度は自分は横倒しになっている。この状態で洩らしたら、体じゅうが濡れてしまうことになる。

（助けて！　起こしてちょうだい！）

必死の哀願も無視された。再び有紀のパンティの下で激しい噴射が始まった。

それは信じられないほどの量に思えた。ふつうはコップ一杯ほどの量なのに、その数倍の量が一気に排出されるのだ。有紀のタイルについた側の体は、たちまち自分の体から溢れた温かい液体によって濡れてしまった。木綿のスリップもパンティも大量の尿を吸って半透明になり、べっとりと肌にまつわりつく。

しかし、不思議なことに尿特有の匂いはさほどでもなかった。温水とほとんど変わらない無色で透明の液体。有紀は自分の体を濡らすそれが、自分がいつも排泄しているのと同じ液体とは思えなかった。

気がつくとゆり子と悠一の姉弟が浴槽の上からニヤニヤしながら眺めている。その時、二人とも全裸になっているのに気がついた。

(何をする気?)

呆然《ぼうぜん》としている有紀の上から、浴槽の縁にしゃがみこんだ悠一が放尿した。反対側からはゆり子が。二人とも有紀に利尿剤を服《の》ませた後、自分たちも利尿剤を服んだのだ。少女は二人の尿を全身に浴びてぐしょ濡れになった。それと並行して、さらにまた尿意が襲いかかった。気の遠くなるような屈辱と羞恥のさなか、三度、彼女はパンティを穿いたまま放尿した。もう泣きじゃくる気力も失《う》せたような少女に、姉弟は二度、三度と自分たちの尿を浴びせ、有紀は半身がすっかり溜まった尿の池につかったような状態になった。

「ほら、おしっこのお風呂だ。しっかり洗えよ」

悠一が下着を毟《むし》りとり、全裸にした従妹《いとこ》を浴槽の床で蹴転がした。ジャブジャブと音がした。ぐいと下腹を踏みつけられると「むー!」と唸《うな》った有紀の秘裂からシューッと噴水のように尿が飛び散り、それが面白いとばかり姉弟は代わるがわる年下のいとこの下腹を飽きずに踏みつけるのだった。

やがて二人の姿が消えた。浴槽から降りて浴室から出ていったのだ。

ようやく我に返った有紀は、後ろ手に縛られてツルツルする浴槽の中でもがきにもがき、ようやく体を起こすことに成功した。

二人の姿はどこにもない。

(私を置いて、どこに行ってしまったのかしら?)

激しい恐怖が襲いかかった。自分は今全裸で、全身に尿を浴びてずぶ濡れだ。しかも後ろ手に縛られ、口には猿ぐつわを嵌《は》められている。そういう姿を帰ってきた誰かに見られることを考えただけで心臓が喉から飛び出してきそうだ。

(どこにいるの?)

雫《しずく》をたらした体で脱衣所に出た。そこで彼女は立ち止まった。

脱衣所から廊下を挟んで居間になっていた。その絨毯《じゅうたん》の上で真っ裸になった姉弟が重なっていた。姉が仰臥《ぎょうが》した弟の上に、股間に顔を埋めるようにして覆いかぶさっている。そして自分の秘部を弟の顔にあてがい腿で締めつけているのだ。

「むー……」

「うっ、うーっ……」

姉弟は獣のように唸りながら、互いの性愛器官を舐《な》め回していた。男女のセックスについて無知だった有紀は呆然として二人の相互吸陰の痴戯を眺めていた。これが十五歳と十二歳の姉弟とは思えない、獣と化した淫らな姿だった。

ゆり子の秘部は充分に発育して秘毛も豊かに丘を覆っていた。弟はまだ発毛は僅《わず》かなものだったが、勃起は一人前で包皮も完全に翻展していた。ゆり子は弟のピンク色をした亀頭をまるで甘いアイスキャンデーでも舐めるように舌を使い、カップリと咥《くわ》え、ベロベロビチャビチャと音をたてた。ピンと屹立した白いロケットを思わせる肉茎の根元まで咥えこんだかと思うと、すぐに頭を上げて唾液に濡れた肉茎の先端が見えるところまですぼめた唇を引き上げる。そのピストン運動が悠一には耐えがたいほどの快感を与えているのだろう、少年は姉の秘部を舐め啜《すす》るという義務を放棄して、顔を歪めるようにして「ああー」「うっうっ」とバカみたいな呻き声をあげていた。

「もう、イキそう？」

ふいにゆり子が弟の欲望器官から口を離して尋ねた。

「うん……」

「じゃあ、入れていいよ」

二人の裸身が離れた。今度はゆり子が四つんばいになる。姉の背後に跪く悠一。

この時、二人とも脱衣所にいる有紀が自分たちを見ているのに気がついていた。それでも二人は表情を変えず、あたかも慣れ親しんだ遊戯を進めるように行為を続けていった。実際、それは何度も繰り返して儀式のように手順が決まった遊戯なのだ。

「いくよ、お姉ちゃん」

「いいわ」

十二歳の少年は一人前に勃起したペニスを片手で支持し、もう一方で姉の白い、桃のようなピンク色を帯びた臀朶《でんだ》の奥底、アヌスの下の亀裂へ怒張したペニスの先端をあてがい、グイと押しつけた。

「む……」

「はあっ……」

性愛器官の結合を遂げた少年と少女の呻きと喘ぎが交錯し、有紀はゆり子の肌に脂汗がパッと浮くのを見た。

「お姉ちゃん……」

うわずった声を張り上げる弟。ゆり子の声もトーンが高い。

「ああっ、感じる。うっ……」

「ぼくも気持ちイイ。あーっ、あっ」

激しく腰を使う悠一。ゆり子は額を絨毯に押しつけ左手で上半身を支えつつ、右手を自分の下腹、秘丘の麓《ふもと》へと這わせた。有紀の目には見えないところでピチャピチャという音がした。クリトリスを激しく摩擦する音だ。

「あっ、お姉ちゃん……あうっ！」

ピンと背を反らし、腰をガッと突き出した悠一が叫んだ。太腿がぶるぶる震え、彼のペニスの先端からは熱い牡液が迸った。もちろん体奥で放たれたそれは有紀の目には見えない。ゆり子は弟の射精を感じると数秒遅れて激しいオルガスムスを味わった。

「あうーっ、ウッウッウー！」

白目を剝き出すようにして喉を反らせて絶頂したのだ。

有紀は自分の尿で濡れそぼった器官が、別の温かい液で濡れるのを自覚した。

「すごいな。それ本当にあったこと？」

そこまで有紀の告白を聞いて、圭は唸ってしまった。悠一は小学校六年生だったという。

圭が初めて夢精したのが中学校二年の時で、定期的にオナニーするようになったのは三年生の頃だった。悠一が十二歳で姉と性交するなど、ずいぶん早熟だといわねばならない。

「悠一くんはね、姉さんの影響でそうなったんです。とにかくゆり子さんは、ものすごく早熟で淫乱な子だったから。あそこもバックリ割れてて、今思いだしても一人前の女だったもの」

有紀は圭の左腕に頭を載せていて、手は彼の陽根をまさぐっている。圭の右手は有紀の乳房と秘部を交互に揉んだり撫でたりしていた。有紀の告白は圭を昂奮させ、そのことが有紀を昂奮させている。

「その時、二人はどっちもセックスを充分に楽しんでいたわ。一年も前から処女でも童貞でもなかったのね」

「ますます凄《すご》い。信じられない」

「もっと信じられないことを教えてあげましょうか？」

有紀は告白を続けた。

——陶酔から醒《さ》めた姉弟は、尿で濡れた裸身をぶるぶる震わせながら自分たちを見ているいとこを、再び浴室へ押し戻した。

「さあ、ここを舐めてきれいにしなさい」

全裸のゆり子は、浴槽の縁に臀部を浅く載せ、下腹を思いきり前に突き出すポーズをとった。その前に跪《ひざまず》かされた有紀は、彼女の発達してきている秘唇がめくれあがったようになって、奥から白い液体がタラタラと溢れているのを見た。その液体は彼女が初めて嗅《か》ぐ、奇妙な青臭い匂いがした。

悠一が猿ぐつわを外して、有紀の髪を鷲掴《わしづか》みにしてグイと姉の秘裂に押しつけた。いやおうなしに有紀の唇はゆり子の膣口に触れた。

「舐めないと、痛い目にあわせてやるよ。定規で……」

ゆり子が脅かした。彼女は年下のいとこを親に分からないように痛めつける方法をいくつも開発していた。その一つがプラスティックの定規を笞《むち》にして、椅子に座らせた有紀の太腿を叩くというものだった。これは目から火花が散るほど痛く、それでいて不思議に肌に跡が残らない。ふだんはスカートに隠れているから、痣《あざ》がついていても他人に気づかれないという利点がある。

その刑罰に対する恐怖から、有紀は命令に従った。ゆり子の体奥から溢れ出てくる生臭い匂いのするヌラヌラした液体を夢中で舐め啜ったのだ。塩からいような渋いような奇妙な味に、最初のうちは気持ち悪かったが、それをこらえているうち、匂いも味も気にならなくなった。

「じゃ、悠一もきれいにしてもらいなさい」

今度は悠一が浴槽の縁に腰かけて、萎えたペニスを突き出した。姉の性器に突き立てたペニスは軟膏と精液にまみれていた。有紀は自分の唾液で彼のペニスを洗った。男の子のペニスなど、それまで近くから見たことも触ったこともなかったのに。

「感心、感心。じゃあ、ご褒美に私のおしっこを飲ませてあげる」

有紀はまだ後ろ手に縛られたまま、洗い場のタイルに仰向けにされた。その顔の上にゆり子がしゃがみこんできた。十五歳の少女の鮮やかなピンク色した粘膜の真ん中に火口のように尿道口が盛り上がり、そこから勢いよく透明な液体が噴射した。

有紀は命じられたとおり口を大きく開け、その噴射される熱い液体をすべて飲みこもうとした。泡立つ液体は体に浴びせられた時と同様に匂いがなく、しかも不思議なほど美味だった。そのことに有紀は驚いた。それまで口の中にハンカチを詰めこまれ唾液が吸い取られていたため、彼女は喉の渇きを覚えていた。そのせいもあるのだが、喉を流れて胃袋へ収まる液体の味は「おしっこは汚くて臭い。だからひどい味がするだろう」という先入観を裏切るものだった。

（えーっ、どうして？）

有紀は混乱してしまった。

ゆり子が放尿を終えると、今度は悠一が跨《また》がってきた。彼の尿も有紀は飲んだ。やはり同じ感じだ。特に異臭とか特別な味がしない。有紀は自分の舌を疑った。

「あはは。私たち二人のおしっこを飲んだおまえは、もう私たちの奴隷よ」

強制飲尿の儀式を終えたゆり子は、勝ち誇ったように笑い、有紀はあらためて屈辱の涙にむせんだ。実際、こんなことまでさせられた自分は、二度とこの姉弟に逆らえるものではないというふうに思ってしまった。

完全に抵抗する気の失せた有紀の手首を拘束していた紐がほどかれた。シャワーを浴びせられて全身の尿を洗い流されたあと、素っ裸のままで有紀は二階に追い上げられた。

ゆり子の個室のベッドで、姉弟は年下の従妹を玩弄する遊戯を続けた。

「さっき私が、悠一にやっていたこと、見たでしょう？　あのとおりにするのよ」

ゆり子が命じ、ベッドの縁に腰かけた悠一の股間に跪かされた有紀は、彼のペニスを咥え、舐めるように命じた。

「バカ、違うよ。そんなんじゃダメだ。こら、歯を当てるな」

弟が指示し、姉は有紀のやり方が下手だといってはプラスティックの定規で臀部をピシピシと打擲《ちょうちゃく》した。

やがて有紀の口の中で萎えていた肉根がムクムクと膨張を始めた。ふにゃふにゃとしてこんにゃくのように頼りなかった肉の棒が竹輪のように、やがてはソーセージのように硬さを増してゆくのは有紀にとって驚異だった。

「あー、むっ……お姉ちゃん、入れたいよぉ」

ゆり子に訴える悠一。姉は弟の願いを聞き入れた。

「これだけギンギンに勃《た》ってたら、大丈夫、有紀を突き破れると思う」

有紀は再び後ろ手に手首を結わえられた。唇をこじ開けてゆり子がさっきまで穿いていたパンティが丸めて押しこめられた。

「む……」

有紀は恐怖を覚えてもがいた。

「おとなしくしてるのよ。ほら、跨がって……」

包皮が剝けて赤く充血して膨れあがり、尿道口から透明なヌルヌルした液を滲《にじ》ませている亀頭を天井に向けて聳《そび》えさせているペニス。悠一は淫猥な期待に目を輝かせて、ベッドの縁で腰を突き出し、両足は揃え気味にした。有紀はその二本の腿に跨がる形で悠一と向かい合った。

「大丈夫、姉さん？　こいつの中に出しても」

「心配ない心配ない。この子、メンスなんかまだなんだから」

　それは事実ではなかった。有紀はその三カ月前に初潮をみていた。しかしそれ以来、まだ一度も生理出血がない。子宮が完全に成熟していないのだから、有紀が膣内に精液を注がれても妊娠する可能性はきわめて薄かった。

「じゃ、いくぞ」

　前から悠一が従妹の、まだ細い腰を両手で抱き上げた。背後からはゆり子が片手で弟のペニスの根元を支え、もう一方の手で有紀の秘唇を拡げて膣口に亀頭をあてがうよう調整してやった。

「いいわよ」

「ほら。ケツを下ろせ」

　悠一がぐいと従妹の華奢《きゃしゃ》な体を自分のペニスの軸へと押しつけた。

「うぐー!!」

　有紀の目の前が真っ赤になり、火花が散った。

　背筋を脳天まで突き抜けるような苦痛が走り、十歳の少女の肉体がビンビンと跳ね躍った。

　まるで釣られた鮎のように。

「バカ、暴れないで。少し辛抱したら気持ちいいことをいっぱい楽しめる体になるんだから……」

「くそ、緊《きつ》いな。姉さん、もう一度持ち上げて……よし、下ろして」

まるで有紀は杭打ち機に装塡《そうてん》された杭のようだった。ズンと悠一の股間に叩きおろされると、ピッと処女膜が裂けた。悠一の十二歳とは思えぬ、よく発達した肉根が有紀の体内へとめりこむ。

「ぐウーッ！」

有紀は再び、身をまっぷたつに切られる苦痛に全身を跳ね躍らせ、フッと気が遠くなり失神してしまった——。

帰宅した伯父と伯母は、姪《めい》が気分が悪くて寝込んでいるという報告を娘たちから聞かされて、何も怪しまなかった。「風邪でもひいたのだろう」と、風邪薬とスープを枕元に置かせただけだ。青白い顔をした有紀が、無残に切り裂かれた処女膜の痛みに耐えているのだとは気づくよしもなかった。

その真夜中、残酷な姉弟は有紀のベッドを襲った。

「いつまでもメソメソしてるんじゃないよ。私たちの奴隷になったんだから、ご主人さまを楽しませる方法をちゃんと身につけるんだよ」

そう言って有紀を真っ裸にして仰向けにし、自分もネグリジェを脱ぎ捨てると全裸になって従妹の顔の上に跨がり、秘唇を指で拡げて命令した。

「ここにキスするのよ。舐めて！」

反抗することは許されなかった。両手は悠一に押さえつけられている。命令に従わないとゆり子は臀部をズシリと有紀の顔に載せて体重をかけてくる。それだけで少女は窒息の恐怖に襲われた。必死になって言われたとおりに舌を使った。膣口から白い、米のとぎ汁を思わせる液が溢れてくると、それを啜った。

「そうだよ、そう……ああ……」

年下の少女に自分のクリトリスや膣前庭を舐めさせることは、ゆり子の支配欲をおおいに満足させた。その間、悠一は有紀の股間を割り裂いて、先刻自分が貫き破いたばかりの幼い性愛器官を舐めしゃぶり始めた。

不思議なことに、有紀はやがて快感を覚えた。それまでオナニーもしたことがなかったのに、彼女の器官は適切な刺激に反応するまでに成熟してきていたのだ。

「ふふっ、悠一、おまえ私に仕込まれてうまくなったね。この子ったら感じてきてるよ」

やがて姉が有紀の顔の上から降りた。悠一が覆いかぶさり、再び従妹を犯し始めた。ゆり子は二人の下腹に手をさしこみ、有紀のクリトリスを指で刺激しながら弟のアヌスや睾丸を撫でたり揉んだりした。

「あ、うっ、むーっ」

悠一は有紀の体に二度目の精液を浴びせて果てた。

——その日から、有紀の奴隷としての生活が始まった。

ゆり子はどういうものか、他人に尿をかけたり飲ませたり、自由を奪って失禁させたりする行為に激しく昂奮する。これまでは弟の悠一がその対象だったが、有紀を屈伏させてから、悠一もまた姉の共犯者としての資格を与えられた。

帰宅してまず有紀がさせられるのはパンティを穿いたままの失禁——お洩らしプレイだった。

ゆり子が秘かにくすねてきたラシックスを服まされ、洋服とスリップを脱がされてパンティ一枚にさせられる。両手を後ろ手に縛られ、床に置かれた洗面器を跨ぐように膝で立つのだ。

「五分、我慢するのよ」

「今日は十分ね」

到底無理な時間、ゆり子は我慢するように有紀に命じる。もちろん半分の時間も耐えられない。

脂汗を流して激しい尿意に苦しみ悶える有紀の緊縛された姿を見て、姉弟は異常に昂り、互いの性愛器官をまさぐりあうのだった。

「うっ、ぐーっ！」

膀胱の内側から無数の針で粘膜を突かれるような苦痛に耐えかねた有紀は、ついに堰《せき》を切ってしまう。

ジャー。

パンティの内側で激しい放水が始まる。股布のところが一瞬膨らみ、次いで一番下の部分から滝のように尿が流れ落ち、洗面器を叩き、飛沫を散らす。

「なんだ、あと二分もあるのに」

屈辱的な強制放水を終えてぐったりした従妹の頬をひっぱたき、傲慢なゆり子は弟に指示して、我慢できなかったことへの罰を下す。

彼女が一番好んだのは、有紀の両方の乳首をペーパークリップで挟むという刑罰だった。

初潮をみた少女たちの乳房は少しずつ膨らみかけて、ただでさえ乳首とその周辺は敏感だ。その乳首を悠一は舐めたり吸ったり噛んだりしてむりやり勃起させる。そして適当な強さにバネを調節したペーパークリップを噛みつかせる。

「あー、うっ、むーっ」

「むぐー!!」

これをやられると有紀は脳天に突き抜けるような苦痛を味わう。ところが激しい痛みは最初だけで、少しすると何とか耐えられるレベルまで苦痛は低下する。なぜだか分からないがそうなのだ。しかし涙は頬を濡らし、濡れて透明になったパンティに包まれたヒップを打ち揺すって悶え苦しむことは変わりない。その様子がまた、ゆり子と悠一を喜ばせ、激しい昂奮をよび起こすのだ。

「私たちが楽しむのを見てなさい。終わったらとってあげる」

そう言ってゆり子は全裸になる。悠一も脱ぐ。二人は悶え苦しむ従妹の目の前で交わり歓喜の声をあげる。

悠一が射精すると、まず有紀の猿ぐつわが外される。悠一は姉の愛液と自分の精液で汚れたペニスを従妹の口の中に突っ込み、きれいに舌で清めさせる。

清めの儀式が終わると、そのまま悠一は有紀の口に放尿する。この時の尿はまだ利尿剤を使っていないから、かなり濃厚で尿特有の異臭もするが、猿ぐつわに唾液を吸い取られて喉がカラカラの有紀にとって、砂漠のオアシスの水に等しい。

「今度は私よ」

ゆり子が秘部を突き出す。弟に注ぎこまれた精液が溢れてくる膣口に唇を押しあて、ちゅうちゅう吸い出し飲みこまねばならない。

「ふふ。おまえがいれば、妊娠することはないわね」

ゆり子は勝ち誇った笑みを浮かべ、自分も有紀の口の中に放尿するのだ。それを飲みこんでようやく、彼女を苦しめていたペーパークリップが取り除かれる。

それから二人は利尿剤を服用する。有紀の方は再び襲ってきた尿意に、もう苦しみ始めている。

「逆さに吊るしてやる。自分のおしっこを飲めるようにね」

浴室に連れてゆかれた有紀は浴槽に仰向けに寝かされ、両足首を縄で縛られた。その縄尻がシャワーフックにひっかけられ、悠一がグイとひっぱると、華奢な十歳の少女の体はいともやすやすと足を上にして持ち上がってゆく。

頭は浴槽の底につけた状態で、背から上は壁のタイルにつくような状態で放置されると、有紀は数分もたたずに失禁してしまう。

パンティは穿かされているから、下着の中で溢れた液体は飛び散ることなくパンティのゴムの部分の隙間から流れ落ちて全身を濡らしながら有紀の顔に達するのだ。その時に悠一が彼女の足首を掴んで角度を調節すると、尿は大量に有紀の顔に滴り落ちる。それを飲まねば厳しい刑罰が待っている。有紀は必死になって一滴でも多くの自分の尿を飲もうと必死にあがくのだ。

「自分のおしっこまで飲むんだから、もうおまえは人間じゃないね。動物だね」

そう嘲笑してゆり子は、浴槽に横たわった従妹の体の上から大量の尿を浴びせる。ついで弟も。

そうやって全身ずぶ濡れにしておいて、自分たちは居間の絨毯の上を抱き合ってゴロゴロ転げまわるような激しい性交、時には肛門性交を楽しむのだった。

夜は夜で、有紀は自分のベッドの上で悠一に襲われる。膣交の苦痛が薄れると肛門の拡張調教が行なわれた。コーラの瓶、シャンプーの容器、ソーセージ……いろいろなものが膣に押しこまれ、また肛門にねじこまれた。それから姉の口、従妹の口の奉仕を受けてギンギンに勃起した悠一のペニスが突きたてられる。

ゆり子は苦痛に呻き苦しむ従妹の姿をうっとりと眺めながら自分の乳房や秘唇を手で刺激して激しく昂る。

そうやって完全にセックスの玩具奴隷にされる生活が、ひと夏続いた――。

「親が退院して、ようやく自分の家に帰ることが出来た時、ホッとしたわ。でも、寂しい気持ちがしたのも事実よ。伯父の家にいた間、一刻も早く逃げ出したいと思っていたのに、解放されると今度は二人にいじめられたいと思うんだから不思議ね」

「じゃあ、それ以来、その二人とは会ってないのか」

「同じ市内に住んでいる親戚だから、法事とかいろんな機会に会うけど、向こうは私のことを完全に無視したわ。たぶん、別の楽しみを見つけたんだと思う。私にとっては幸いだったんだろうけど、ちょっぴり悲しい気もした」

「連中は、いま、何をしている」

「二人とも東京の大学に進んだの。よく知らないんだけど、ゆり子さんの方は卒業して東京で就職したはずよ。どこだかは知らない。悠一くんの方はまだ大学生じゃないかしら」

十年近くも前のことだ。ゆり子も悠一も疎遠な叔父——有紀の両親のところには年賀状一枚、よこさないという。

性的に激しい凌虐《りょうぎゃく》を受けた反動か、中学校、高校と、有紀は勉強に専念して優等生で通した。性的な欲求が高まることもあったが、意識して抑圧した。不思議なもので、姉弟に要求されて目の前で何度となくオナニーさせられたのに、それ以降は一度もしなかったという。

「それがまた目ざめたのはね、東京の大学に受かって、この春からここで一人住いをするようになってから。悪いことに、お隣の二〇五号って独身のサラリーマンなんだけど、よくガールフレンドを連れ込んでセックスするのね。そうなると勉強も手につかなくなっちゃって……」

ある夜、あまりにも激しい情交の物音に眠られず、有紀は薄い寝衣一枚でバスルームに閉じこもった。そこなら少しは喘ぎ声やよがり声から逃れられるからだ。

「その時、ちょうどおしっこがしたくなったの。泣き叫んでいるような女の子の声を聞いてるうちに、不意に昔、ゆり子さんや悠一くんにいじめ抜かれていた頃のことを思い出して……」

有紀はネグリジェを脱ぎ、パンティ一枚になった。まだ何もしていないのにガタガタ全身が震えた。汚れもののバスケットの中を探り、昨日穿いていたパンティを見つけ、それを丸めて口に押し込んだ。自分自身の性器の酸っぱいような甘い匂いを嚙みしめる。

やはり汚れているパンティストッキングを縒《よ》って紐にして、自分の唇を割るようにして猿ぐつわを嚙ませた。それだけでパンティの股布がぐっしょり濡れるのが分かった。伯父の家でいとこたちにされたさまざまな屈辱と苦痛の記憶が、まるで堰を切ったようにドッと甦《よみがえ》った。

問題は後ろ手に自分を縛ることだった。自力で抜くことが出来なくなったら困る。

少し考えてうまい自縛の方法を考えた。太いゴムバンドがあったので、それをねじって小さい輪にして手首に通してみた。弾力でギュッと締めつける感触に有紀は身震いした。

最後の用意は、玄関の壁に吊ってあった二十センチ四方ぐらいの壁掛け鏡を浴室に持ち込むことだった。それをタイルの壁に立てかけ、有紀はゴムバンドの後ろ手自縛を行なった。鏡の中に、後ろ手に縛られ、口の中にパンティを押しこめられ、パンストで猿ぐつわを噛まされた、パンティ一枚の惨めな自分の姿が映った。有紀は凄《すさ》まじいほどの欲情に圧倒された。鏡の中の若い娘は乳首をツンと尖らせ、羞恥と屈辱に身も世もないというふうに震えている。ヒップをもじもじさせているのは、押し寄せる尿意をこらえているのだ。

「うっ、ふー、フグー……」

鼻だけで呼吸しながら、有紀は背後で束ねられている手でパンティのゴムを摑んだ。グイと引っ張ると股布が後ろへと移動しながら秘裂に食いこんだ。充分に潤っている部分がグチャという淫靡な摩擦音をたてた。

「うっ」

勃起したクリトリスがパンティに擦られて、有紀は目が眩《くら》むような快美感覚に襲われた。

(ああ、凄い、感じる……うっ。だけど私、なんてことをしているのかしら？　悪い娘だわ……)

自分で自分の淫乱さを叱り、それが自虐の昂奮をさらに高める。

何度もやっているうちにギュンという鋭い感覚が全身を駆け抜け、

「あうっ、ぐーっ！」

唸り声を発した瞬間、堰が切れた。

ジャーッ、ジョボジョボ。

パンティの内側で熱湯のように煮えたぎる尿が迸った。誇張ではない。放出された瞬間の尿は、とても体温とは思えないほど熱く感じる。それがパンティの股の部分からザーッとユニット式バスルームのプラスティックの床に落下した。

「アウーッ！」

強烈なオルガスムスの爆発にのけ反り跳ね躍った有紀の裸身は、自分自身の尿が作った水たまりへ横ざまに倒れこんだ。気が遠くなった。

――そこまで聞いて、圭はたまらなくなった。

「さあ、来て」

ベッドからはね起きて、有紀を立たせた。

「どこに？」

「決まってるだろ？　お風呂場さ」

年下の女子学生は嬉しそうな笑顔を見せて従った――。

# 第三章　薬剤師

月曜日、出勤した圭は、昼近く、薬剤部の松永早苗に電話をかけた。

早苗は調剤室に勤めている薬剤師だ。二十五歳。独身である。

実は、圭と早苗はK市の都立高を一緒に卒業している。在学中の一年間は学級も同じだった。圭は、セーラー服のよく似合う美少女だった早苗に憧れてはいたが、特に親しく口をきく機会もないうちにクラスが別になってしまった。それ以来、ほとんど交渉はなく、消息も聞かなかった。

高校を卒業してから数年後、この病院に来て、彼女が薬剤師として勤務していることを知った。早苗の親はたしか薬局を経営していたから、薬科大学へ進んで薬剤師の資格をとったのは意外ではない。

(しかし、この病院に就職したとは……)

圭は偶然の悪戯に驚いたものだ。

数年会わないうちにすっきりとあか抜けた彼女は、いかにも有能な、男まさりのプロフェッショナルという印象が強い。仕事が終わっても職員たちとよく飲みに出かけたりする。白衣を着ている時は知的なムードがあり、脱ぐと魅力的な女に変身する。

当然、よく顔を合わせるし、職員の慰労会などでは一緒に飲むこともあった。二人とも高校の同窓だから、ごく自然に親しく口を交わすようになった。ある時、それとなく誘ってみたが、軽くかわされてしまった。

「おあいにくさま。私は不自由してないから、誰か別の人を探してみて」

ハネつけられたが、態度がケロリとしているので不愉快ではなかった。それ以後も同じ態度で接してくれる。

(他に男がいるのだろうか。誰か、この病院の医者と不倫でもしてるのかな)

そんな気がしないでもない。美人で独身、しかも有能とくれば男たちがほうっておくわけがないのだが、そっち方面の噂はきいたことがない。ある看護師から「松永さんはレズだから口説いてもダメよ」と言われたことがあるが、信じていいものか分からない。

「あら、中尾くん？　どうしたの、また風邪薬？」

電話に出た早苗の声は、あいかわらず屈託がなく明るい。

調剤室にいる立場を利用して、圭が風邪をひいた時など、抗生物質や解熱剤ぐらいは内緒で回してくれる。いつも記入のない病院の薬袋に入ってくる。どういうふうに操作しているのか聞いたことはない。

　圭ばかりではなく早苗から薬をもらっている者はけっこういるようだ。いくら職員でも、この病院では正規に医師の診察を受けて処方箋をもらわないと出せない。しかし風邪薬ぐらいでそんな面倒なことはしたくない。だから融通がきく早苗の存在は皆からありがたがられていた。

　それに、何の説明もなしに薬を出す医師よりも、ていねいに説明してくれ、副作用、アレルギー、他の薬との併用などにも気をつかってくれる早苗の方が信頼できる。

「いや、そうじゃなくて……ちょっと相談したいことがあるんだけど、メシの時にでも会えないかな」

「いいわ。一時に職員食堂へ行くから、そこで会いましょ」

　風邪薬ならともかく、利尿剤を電話で頼むわけにはいかない。事情を説明しないと、いくら早苗でも簡単には出してくれないだろう。

　午後一時、地下にある職員専用の食堂で早苗に会った。

「何なの。また口説くんじゃないでしょうね」

　他とは離れたテーブルにつくと早苗は悪戯っぽい微笑を浮かべて訊いた。

病院内の彼女はいつも白衣を羽織っている。理知的な容貌なので、聴診器をぶら携《さ》げていたら女医に見えるだろう。髪は肩までかかる長さで緩やかかめのソバージュをかけている。ふだんはヘアバンドで理知的な額を見せている。卵型の顔に濃い眉、聡明そうな目と鼻、しっかりした口と顎《あご》。充分に女っぽいけれど強い意志が感じられる。

「実は、ラシックスを少しもらえないだろうか」

圭が切りだすと、予想どおり怪訝《けげん》そうに眉をひそめた。

「ラシックス？　ループ利尿剤なんか、どうして必要なの？」

圭は、早苗には本当のことを言うしかないと考えていた。だから有紀のことを、彼女の経験したことも含めてすべて打ち明けた。つい、セックスの回数までしゃべってしまった。肉体の関係はないのに、そういったことをアケスケに打ち明けてみたくなる雰囲気が、早苗にはある。

「ふーん、じゃあ中尾くんは、その有紀さんって子に惚《ほ》れたんだ」

ニッコリ笑った早苗に指摘されて、圭はハッと胸を突かれた気がした。

「惚れた？　だって一緒に寝たのは土曜日だぜ。今日は月曜日だ」

「惚れるのに時間なんてかからないわよ。相性の問題よ。フィーリングがピッと合えばいいの。彼女のためにラシックスを手に入れる約束したのなら、ピッと来たものがあるんだわね。

しかし、土曜に二回、日曜に六回もやったって？　凄いなあ」

圭は彼女のあからさまな言葉が他人に聞こえないかと、ハラハラして周囲を見回した。

「ピス・プレイもやったの？」

「ピス・プレイ？」

「おしっこプレイよ。アメリカじゃ浣腸プレイも含めてウォーターパワーなんて言ってるけど」

「ああ、それは……やったよ。だって彼女は縛られて猿ぐつわをされて、パンティ一枚で放置されてお洩らしするという状況にひどく昂奮すると言うんだ。じゃ、満足させてやろうと思って」

「どんなことしたの？」

「えっ、そこまで聞くの？　言いにくいなあ」

圭は頭をかいた。

「いいじゃないの。ラシックス出して欲しいんでしょう？」

「分かった」

圭は昨夜、有紀と行なった失禁プレイの詳細を早苗に告げた。

なぜか有紀の性癖を告げると、早苗は目を輝かせて身を乗りだすようにしてきた。どうやら非常に強い関心を抱いたらしい。なぜだか確かめたいという気持ちもあった。

——有紀は全裸だったから、まずパンティを穿かせた。彼女は下着の抽斗《ひきだし》から白いコットン素材の、シンプルなものを選びだして穿いた。濡れて肌にくっつく感触はコットン素材のものが一番好きなのだという。

猿ぐつわは、昨夜穿いていたパンティを丸めて口に押しこんでくれという。

「自分のおしっこの匂い、性器の匂いって嫌いじゃないの。嗅ぐのも好きなんです」

「そりゃ、ぼくも女性のあそこの匂いって嫌いじゃない。あんまりきれいに洗われるより少しぐらい汚れたところにキスする方が昂奮するけどね」

嚙ませるためのシルクのスカーフを用意してから、有紀は圭に頼んだ。

「今までは自分で軽くしか拘束できなかったので不満でした。今夜はキッチリと縛ってくれません？」

「いいとも」

有紀はこれまで、自転車の荷台などに使う平たいゴム紐を使って自縛していたのだが本格的に縛られたいというので、圭は物干しのロープを使うことにした。ビニールコーティングされてしなやかさに欠けるが、長さは充分だ。

キッチンのフロアに十九歳の娘を立たせ、圭は縄をかけた。

「よし、両手を後ろに回して……」

「はい」

従順な態度で有紀は後ろ手に縛りあげられた。

圭はまず、彼女の両方の手首を重ねてくくり、手首の間に縄を通して緩まないようにした。

それから乳房の下にぐるりと縄を回し、背中の縄に引っ掛けてから逆回しに、今度は乳房の上の方へ回し、縄尻を背中の真ん中で、手首を縛った縄と十文字になるように調節して結んだ。

「長さはぴったりだ。どうだ」

「ああー……いいです」

そんなふうにキッチリ縛られたのは、ゆり子や悠一たちに弄虐されて以来のことだろう。

圭を見上げる瞳は潤んでいた。

(もう、昂奮している)

有紀のマゾ性に感嘆しながら、圭は汚れたパンティを丸めて彼女の口に押しこんでやった。

それから縦に長くなるよう折り畳んだグリーンのスカーフで彼女の唇を割るようにして嚙ませる。これで口の中のパンティは吐き出せない。

「むー……」

首の後ろで緊く結んでやると、有紀は低く呻いた。

「これで準備オーケイってわけだな」

圭は自分が縛りあげた女体をつくづく眺めた。

不思議なことに、そうやって猿ぐつわを嚙ませた有紀は、化粧もしていないのにひどく魅力的に見えた。羞恥、不安、期待……そういうすべての感情がつぶらな目にすべて凝縮されているようだ。

椀型の、ほどよい高さに盛り上がった乳房は上と下にかけられた縄によって紡錘状に前に絞り出され、乳暈《にゅううん》がふくらみ、乳首もふだんの倍以上にコチコチに尖って迫《せ》り出している。

それもまた、男にとっては魅力的だ。

圭はその濃い薔薇色に充血した乳首を指で摘《つま》んで潰《つぶ》すようにした。

「むーウッ！」

ビクンと裸身を震わせて苦悶する。全身がピンク色に染まって、ムウッと甘い肌の匂いが香る。

圭も激しく昂った。彼は全裸だったから、その昂奮のありさまはモロに有紀の目に飛びこんでゆく。

「！…………」

有紀はやるせない目つきで彼の股間に屹立しているものを凝視し、さらに頬を紅潮させた。実際、尿道口からは透明なカウパー腺液が滲み出て亀頭をテカテカと濡らしているのだから。

「さあ、浴室へ行け」

くりくり丸い双臀を平手で叩き、縄尻をとって有紀を追い立てる。圭は自分が奴隷市場に女奴隷を売りにゆく、奴隷商人になったような気がした。しかもこの女奴隷は生娘《きむすめ》に近いほど、いたいけな風情の娘である。

有紀は毎晩のように一人、自縛と失禁の遊戯に耽っているので、そのためにかなり大きな鏡を用意してあった。それはふだん、玄関の壁のところに立てかけておき、楽しむ時だけ浴室に持ち込んでいる。

今夜は圭もそうした。

ふだんの有紀は、自縛してから浴槽の中に入り、洗い場の壁に立てかけた鏡に自分の姿を映して、尿意がつのるのを待つのだという。圭もその手順を守ることにした。

有紀を空の浴槽に入れて立たせる。室内の温度はまだ、裸でいても寒さを感じない程度だ。圭は洗い場にあぐらをかくようにして座り、有紀を見上げる姿勢で待機した。

（なるほど、鏡に自分の姿を映して昂奮するわけだ。なんとも妖しい美しさだ）

後ろ手に縛りあげられた女体が、猿ぐつわを嚙まされた自分の裸身を、若い異性の目にさらして恥じらっている風情は、確かにサディストでなくても血を滾《たぎ》らせる要素がある。

「いいか、十分がまんしたら、ちゃんとトイレでおしっこをさせてやる。洩らしたらお仕置きしてやるからな。クリップ責めだ」

かつてゆり子や悠一がそうしたように、圭は有紀に対して冷酷な命令を下した。

二分もしないうちに白いパンティの股布にシミが現れ、それがだんだん拡がっていった。愛液が溢れてきたのだ。それだけ激しく昂奮しているわけだ。鼻からの呼吸音もせわしく高くなる。熱に浮かされたもののように全身がぶるぶる震えたかと思うと、しきりに腰を打ち揺する。

（腿をすり合わせる。膀胱に尿が溜まってきたな……）

圭がそう思う間もなく、

「うっ、むー……うう……」

苦しげな呻き声が猿ぐつわを嚙まされた口から洩れてきた。明らかに尿意をこらえているのだ。

「ほら、どうした。洩らしたら、乳首にクリップを嚙ませてやるぞ」

そう言われたとたん、有紀は天井を見上げるようにして腰を突き出した。太腿の筋肉がブルブルッと震えた。

ジョロジョロ。

パンティの内側で放水の音がして、あっという間に淡黄色の液体がパンティの股布から浴槽へと激しい音をたてながら落下した。

「うー、うーっ……むっ！」

腰を前後左右によじりながら一気に放水し続ける有紀の表情が陶酔しきっている。まるで慈母観音のような美しさだ。女のよがり顔には苦しみ怒るような阿修羅顔と、薄い笑みを浮かべたような菩薩顔があるというが、有紀は後者だった。陶酔し喜悦している時の彼女はすごく魅惑的だ。

圭は有紀がすっかり放水し終える間、呆然としてその陶酔の表情にみとれていた。


「分かるわ。その時の気持ち……」

早苗の口調は熱っぽい。

病院関係者は、少しぐらいの倒錯行為には驚かなくなってしまう。ここでは浣腸、導尿などの強制排泄は日常茶飯事なのだ。

しかし、それとは別に、早苗が有紀に対してただならぬ関心を抱いているのは明らかだ。

しかも圭の話を聴きながら、早苗は何度も脚を組み替えている。それは性的に昂奮した時、女たちが無意識にやる仕草の一つである。

「躾けの中でも排泄というのは特に強いタブーとして教えこまれるのよ。だから下着を着けたままでおしっこをするとか、ウンチをするなんてこと、やってみろと言われてもなかなか出来ないの。そのタブーを破った時、ほとんどオルガスムスに近い快感を味わう人が多いわ」

「昨夜、分かったよ」

苦笑しながら圭が告げた。

「それから、どうしたの？　おしっこ飲んだりしなかったの？」

心なしか早苗の目がキラッと光ったような気がした。

「ああ、猿ぐつわを外してやったら、一番最初に、飲ませて下さいって言うんだ。目がトロンとして、ギョッとするぐらいエロティックだったもんだから」

跪いた姿勢の早苗の前に立ちはだかり、圭は勃起したペニスをホースの筒口のように持って、有紀の口の前に突きつけた。大きく口を開けた若い娘めがけて圭は放水した。

黄色い液体をゴクゴクと飲みこむ有紀は、後ろ手に縛られた手で濡れたパンティの後ろのほうの腰ゴムを摑み、強く後ろへ引っぱり上げるようにしていた。尿で濡れたパンティの股布が秘唇に食いこみ、当然ながら勃起したクリトリスは摩擦される。それだけで彼女はイッた。

「その子、完全に条件反射づけられたのね、サディストのいとこの二人に……。身も心もすっかりマゾヒストにされたんだわ」

「ああ、そうだな」

「ふーん、それで中尾くんは昂奮して、そのあと、また二度もセックスしちゃったわけね。羨ましいわね」

早苗は遠い所を見るような目つきになって、指でトントンとテーブルを叩いている。何か考えに耽っているようだ。

「ねぇ、ここまで打ち明けたんだから……」

圭が催促すると、ハッと顔を上げて、

「分かった。ラシックスは回してあげるけど、えーと、彼女に会えないかな、その有紀さんって子に……」

求められた圭は、驚いて聞き返した。

「会いたい？　どうして？」

「興味があるからよ。彼女の趣味に……」

ちょっと秘密を打ちあける顔になって声をひそませた。

「中尾くん、私についての噂、聞いてないの？」

「きみの噂？　えーと……そういや、看護師の誰かが、きみのことをレズっぽいとか言ってたな」

怒るどころか、早苗はうふふと笑ってみせた。

「一応は知ってたのね。で、その噂をどう思う？」

「どう思うって、おれが口説いても応じないのは、そのせいかなって気がしないでもなかったけど、分かるわけないもんね。で、実際にそうなの？」

早苗の微笑は意味ありげな妖しいものだ。圭の背筋がゾクゾクしてくるほど。

「そうでもあるし、そうでもない」

「どういうこと？」

「レズもするけど、男性だって拒まないわ。人によるけど」

「バイセクシャルっていうやつ？」

「まあ、ね」

「有紀に興味があるというのは、レズビアンとして？」

「それもあるけど」

早苗はちょっと口ごもってから、

「私と彼女、会えば、気が合うと思うのよ」

「ということは……」

圭はようやく早苗の気持ちを察することができた。少しショックだった。

「きみも、その……お洩らしが好きなのか？」

早苗の頬が少し赤らんだ。今度は彼女が周囲を気にする番だ。体を前に乗りだし、圭にだけ聞こえるように声をひそめて答えた。

「ハッキリ言うと、そうなの。だから……」

「はあー……なるほど」

圭は頷いてみせた。

「有紀とおしっこプレイをしたいというわけ？」

「彼女がOKしてくれたらね」

「もちろんOKすると思うよ。でも、きみに有紀を渡すぼくはどうなる？　有紀はたぶんきみに夢中になると思う」

実際、早苗は異性ばかりではなく同性にも好かれている。

「一緒に楽しめばいいじゃない。三人で」

ちょっと背徳的な提案をしてきた。もちろん圭には魅力的な提案だった。

「しかし、おれ、あんまりお洩らしとかに興味はないんだけどな」

「だって、飲ませてあげたんでしょう？　素質は充分あるじゃない」

結局、圭は早苗の提案を受けいれた。


夕刻、圭はアパートに帰って、自分の部屋に入る前に二階に行き、有紀の部屋をノックしてみた。彼女はすでに学校から帰っていた。今どきの学生にしては珍しく、ほとんど遊び歩かないのだ。

圭は早苗との会話を彼女に告げた。

「どう思う？」

有紀は即座に答えた。

「会ってみたいわ、その人に……」

これまで自分と同じような趣味の持ち主に会ったことがないから、関心を抱くのは当然だった。圭も含めて三人でプレイするという提案にも抵抗はなさそうだった。

「中尾さんが一緒にいてくれたほうが、私は安心ですから」

（まあ、子供の時に、すでに三人でのプレイというのをイヤというほど経験しているわけだからな……）

圭は早苗の家に電話した。彼女は実家を出て、隣のS区のマンションに住んでいるという。圭のアパートからもそう遠くはない。早苗の声は弾んでいた。

「嬉しいわ、有紀さんがオーケイしてくれて。じゃあ今晩でも楽しまない？　そちらの都合はどうかしら？」

有紀は頷いた。二人ですぐに早苗を訪ねるということが決まった。

早苗のマンションは十二階建てで、彼女の部屋は十一階の二ＬＤＫ。一人住いにはもったいないぐらいの広さだが、一室にはパソコンが置かれて、本棚には薬品に関する資料がぎっしり並んでいた。製薬会社、薬剤師の団体が作っているインターネット上のグループがあって、それに加入しているのだという。

「薬剤師もね、勉強しないと時代に追いついてゆけないの。いろんな薬が次から次へと出てくるし、新しい副作用もどんどん報告されてくるし……」

早苗は説明して、圭と有紀の二人を居間のソファに座らせた。調度も高級だし趣味のいいインテリアだ。早苗はそんなに給料がいいのだろうかと、圭は疑問に思った。

「こちらが有紀さんね？　嬉しいわ、お会いできて。お洩らしが好きなんだって？」

有紀は赤くなって俯《うつむ》いた。モジモジしながら頷く。

「いいのよ、恥ずかしがらなくても。私もそうなんだから」

半袖のニットのセーターに黒のタイトミニ、病院の白衣姿とはまったく違った雰囲気の早苗は、さっそく白ワインを抜いた。

「さあ、雰囲気を柔らかくしましょう。乾杯」

ワイングラスを傾けつつ、早苗はまず、自分のことから打ち明け始めた。

「私がね、いわゆる失禁プレイに耽るようになったのは、母のせいなのよ。母といっても実の母じゃなくて継母《ままはは》なんだけど……」


早苗は複雑な事情の家庭に育った。

もともとの父親はサラリーマンだった。母親は早苗が生まれてすぐに病没し、父親は真紗子という女性と再婚した。和服の似合う、楚々とした美人だった。彼女は初婚で、その時は三十歳ぐらい。早苗は四歳で、ようやくもの心がついてきた頃だ。

早苗はしばらく新しい母親になつかず、真紗子は継子の扱いに手を焼いたらしい。そのうちに今度は父親が病気になり、あっという間に世を去った。早苗が小学校に入って間もなくの頃だ。

早苗は父親の実家のほうで引き取ろうという話もあったが、なぜか真紗子は自分になつかない幼な子を手離さず、手もとにおいて養育し続けた。亡き夫の形見だと思ったのかもしれない。

真紗子は薬剤師の資格があったので、昼は近くの薬局で働いたから、幼い頃の早苗は、いわゆる鍵っ子だった。

血の繋《つな》がりのない母と娘に、親密な交流が芽生えたのは、早苗が八歳になってからだ。

冬、早苗は悪性の感冒に感染して、数日間、寝込んでしまったことがある。

最初の二、三日は高熱を発して起き上がることも出来なかった。

朝に出かけた母親は、昼、午後に一度、帰ってきては娘の様子を確かめ、汗まみれの寝衣を着替えさせ、薬を服ませてまた出かけていった。その時は熱にうなされていたので、早苗の記憶も定かではない。

ハッキリした記憶があるのは、真夜中に目覚めた時だ。

深夜に起きてきた真紗子が、早苗を起こしたのだ。

「さあ、早苗ちゃん、おしっこしてごらん」

継母は寝床で溲瓶《しびん》を使わせた。ふだんは何かと彼女に反抗して言うことをきかない早苗も、この時ばかりはなされるまま、言われるままだった。

パンティを脱がされて、継母に見守られながらの排尿はやはり恥ずかしかったが、とてもトイレに行く気力さえないのだから仕方がない。

溲瓶の中に放尿した。発汗によって水分が失われているから、尿の量も勢いもたいしたものではなかった。

真紗子は継娘の汗に濡れた寝衣を脱がせ、全裸にして全身を濡らしたタオルで拭い、さらに乾いたバスタオルで拭ってくれた。放尿したあとの股間もていねいに。

（赤ん坊みたいだ）

おむつを替えるようにパンティを穿き替えさせられるのだから、早苗にとっては屈辱的なことだが、一方で、そうやって面倒を見られることの不思議な楽しさを味わったのも事実だ。

乾いた寝衣に着替えさせられている時、早苗の目は継母の胸に釘づけになった。

真紗子もそれまで眠っていたのだから寝衣は乱れている。ネグリジェの前のボタンが一つ外れて、豊かな乳房の谷間がずっと奥まで見えた。

真紗子はまだ子供を生んでいない体だったが、とても豊満な乳房の持ち主だった。もちろん早苗はその乳房を吸ったことも触れたこともない。もの心つく前に母を失ったので、そもそも乳房の感触というものを覚えていない。

熱に浮かされていたこともあって、八歳の少女はネグリジェの胸元からこぼれるような乳房に、激しい欲求を感じた。触れたいと思った。

ほとんど意識しないまま、早苗の手は母親の乳房に伸びていた。

「…………」

「あらあら」

真紗子は驚きの声を発した。嬉しさが混じっていた。

「早苗ちゃん、ママのおっぱいが欲しいの？　いいわよ、触って」

自分からネグリジェの前をはだけて両方の、メロンのように丸く、プリンプリンと弾力性に富んだ白い肉の半球をあらわにした。

（うわ、すごい……）

俯きの姿勢だったので、ふだんよりも豊満さが強調された乳房を、早苗は賛嘆の目で見た。無意識のうちに両手を伸ばし、二つの乳房を摑んだ。揉んだ。初めて経験する同性の乳房の感触は、早苗を陶酔させた。

白く輝き、青い静脈の透けて見える乳房だ。乳暈は大きめで淡い薔薇の色、乳首はすでに勃起していたのかボッテリと膨らみ、濃い薔薇色のそれは早苗の親指の先端ぐらいあったようだ。

少女の鼻腔は敏感に乳房の匂いを嗅いだ。目の見えない乳幼児が一番敏感だが、ある程度大きくなった子供も、まだまだ乳暈と乳頭にある腺から発散する独特の匂いに強く反応する。

それは幼児を乳首に吸いつかせるために神が女性に与えた匂いだ。

「吸って」

早苗の反応をいち早く察した真紗子は、寝床に添い寝する姿勢になって少女のおかっぱ頭を優しく抱くようにして自分の乳房に押しつけた。

早苗は夢中になって継母の乳首に吸いつき、実際に乳が出ているかのように吸った。

「ああ……早苗ちゃん」

真紗子は低く呻き、さらにしっかりと継子を抱き寄せた。

架空の授乳行為は、やがて乳房の谷間に顔を埋めた早苗がすやすやと寝息をたてるまで続いた。

翌朝、出かける前にも真紗子はブラウスの前をはだけ、ブラジャーのカップを押し上げて乳房を早苗に与えた。

やがて熱がひいて意識がハッキリしてくると、早苗はその行為をひどく恥ずかしく思った。それまで何かにつけて抵抗してきた自分が、継母の乳房によって完全に籠絡《ろうらく》されてしまったような気がしたからだ。

しかし、成熟した真紗子の肌、乳首の匂い、摑んだ時のしっとりした肌ざわりと弾力性など、それは麻薬のように早苗に働きかけた。学校にいて担任の女教師の胸のふくらみを見ているだけで、飛んで帰って継母の乳房に飛びつきたいような欲望に駆られるのだった。

真紗子の方は、実母の乳房を知らずに育った継娘の、自分の乳房に対する憧憬、願望を知って嬉しく思ったようだ。幼い子に乳房を与えるという行為は母性愛を刺激する。そのせいか、反抗する早苗に手を焼いて、時にはきつく叱りつけることもあった真紗子は、ずっと優しくなった。

やがて添い寝した真紗子の乳房を吸って眠るのが早苗の就眠の儀式になった。

さらに真紗子は、継娘の欲求を躾けに利用するようになった。つまり言うことをきかないと乳房を与えないと言うわけだ。これで早苗はすっかり従順な娘になった。

しかし、乳首を揉まれたり吸われたりするのは、同時に性的な刺激ともなる。夫を失ってから数年、孤閨《こけい》を守ってきた真紗子は、そのおかげで再婚の決意を固めたのかもしれない。

早苗が小学校四年生の時に、新しい父親を迎えることになった。

彼は真紗子がパートで勤めていた薬局の経営者で、松永貞夫といった。当時三十五歳。自分の店の業績をあげることに熱中してまだ妻を迎えたことがなかった。

貞夫は働いている真紗子を見初《みそ》めて、強烈にそそられた。毎晩、早苗に乳房を刺激されることで、熟女の魅力がムンムンと発散されていたからだろう。彼女はやがて貞夫を受けいれ、頻繁にセックスするようになった。

そのことを早苗は敏感に察知した。継母に男が出来たことをおぼろ気ながら察知し、そのことに嫉妬《しっと》して、再び言うことをきかなくなったのだ。

真紗子が休みの日、貞夫に会うために外出しようとすると、早苗は行かせまいとして何かと彼女を手こずらせていた。真紗子は怒りを爆発させた。

「早苗っ、そんなに言うことをきかないのなら、一日、こうしてなさい！」

手もとにあった和装用の細紐を使って早苗を後ろ手に縛り、呆気《あっけ》にとられている彼女の口に柔らかいハンカチを押しこんでしまったのだ。さらに、日舞に使う豆絞りの手拭いで鼻から下を覆うように猿ぐつわをしてしまった。

「ママが帰ってくるまで、ここで反省してるのよ！」

キッチンと居間の境にある柱に彼女を立ち縛りにすると、厳しい口調でそう言い残し、真紗子は家を出て行った。

早苗はしばらく呆然としていたが、やがて激しい恐怖を覚えた。

たった一人で家に残され、しかも自由を奪われ、声も出せない。

（もし、ママが出かけた先で事故か何かにあって、帰ってこなかったら、どうしよう？）

（隣の家が火事になって、その火が燃え移ってきたら、焼け死んでしまう）

（泥棒が入ってきたら？　私を見て、どう思うかしら？　いやらしいことをして、最後には

子はかなりしっかりと縛っていったので、とても無理だ。

　恐ろしい想像が頭の中を駆けめぐる。必死になって細紐から手首を抜こうとするが、真紗子はかなりしっかりと縛っていったので、とても無理だ。

　とうとう早苗はシクシク泣きだしてしまった。

　三十分、一時間……放置されているうちに、今度は新たな恐怖が彼女に襲いかかった。尿意だ。

（わっ、どうしよう。早く帰ってきてくれないと、私、お洩らししちゃう！）

　早苗は蒼ざめ、狼狽した。

　膀胱はしだいに膨張してゆき、溜まった尿の圧力は無数の針となって尿道口を内側からチクチクと刺す。その痛みはしだいに高まってゆく。

「むー、うーン」

　腰を打ち揺すり必死になって我慢していたが、とうとう限界がきた。アッと思った時は熱い液体がパンティの内側で溢れかえっていた。

　大量の尿は彼女の下半身をすっかりびしょ濡れにして、床に広い水溜まりを作った。

　失禁の途中、早苗は苦痛から解放されて陶酔感に近いものを味わっていた。

　我に返って強い尿の臭気を嗅いで羞恥と屈辱に打ちのめされた。自分の下着どころか、スカートも靴下も、そして床まで尿で汚してしまったのだ。真紗子が帰ってきたら、もっと怒り、叱りつけ、厳しいお仕置きをするに違いない。早苗は大粒の涙を流し、泣きむせんだ。

やがて真紗子が帰ってきた。やはり縛りつけてきた早苗が気になって早めにデートを切り上げて帰ってきたのだ。

真紗子の反応は、早苗の予期していたようなものではなかった。

「あらあら、お洩らししちゃったのね。まあ、こんなに濡らして……」

驚いてみせたが、怒りはしなかった。かえって嬉しそうな、優しい口調と態度だ。まず縄をほどき、猿ぐつわをとってから、優しく抱き締めた。

スカートを脱がせてタオルで手早く下半身を拭い、お風呂場に行かせた。

お風呂場でシャワーを浴びていると、自分も裸になって真紗子が入ってきた。

「ママが洗ってあげる」

股間だけでなく、全身に石鹼の泡をたてて継娘を洗ってやるのだった。

「今度はママも洗って……」

自分の裸身を早苗に洗わせてから、湯を張った浴槽に二人でつかる。

「いいわよ、ほら」

脂が湯滴を弾いている乳房を両手で浮かせるようにして早苗に触らせ、吸わせる。

「ああ……」

早苗が夢中で吸いつき、しゃぶると、継母は心地よさそうな声を洩らし、体をあおのけるようにした。

早苗は自分の行為が彼女を喜ばせることを薄々知っていた。だから強く吸い、軽く歯をたてたりしてみた。

「ううン、うーん……」

陶酔した表情になって瞼《まぶた》を閉じた真紗子の顔を、上目遣いで眺めた早苗はとても美しいと思った——。

# 第四章　継父母

「わぁ、お縛り……そんなお仕置きもされたんですか⁉」

早苗の告白を聞いて、有紀は目を輝かせ声を弾ませた。

（この子、昂奮しているな。類は友を呼ぶ、ってやつか）

圭はそう思った。早苗も告白しているうちに頬が上気して桜色に染まっている。

「そうなの。あなたと同じね。お縛りされてお洩らしして……」

「そうですね」

二人の女はたちまち意気投合したようだ。

「もっとお聞きしたいわ。それ一回だけじゃなかったんでしょう？」と有紀。

「もちろんよ。でも、それを話す前に、もっとムードを盛り上げましょうよ」

早苗は部屋の照明を、テーブルの側のスタンド一灯だけにした。たちまち艶《なま》めかしい雰囲気が充満する。

「私、有紀さんとプレイするつもりで下着を替えてたの」

上に着ているものを手早く脱いだ早苗を見て、圭も有紀も目をみはった。

下に着けていたのは、黒いレースのハーフカップブラとTバックショーツ、それにレースの編み込みガーターになった黒いストッキング。白い肌に黒いランジェリーはひどく煽情的で、たちまち圭は激しく勃起した。

「あなたもお脱ぎなさいよ。少し暑いでしょう?」

「そうね……恥ずかしいけど」

ワインの酔いが手伝って大胆になったのだろうか、年下の女子学生はスッと立ち上がって手早く着ていたものを脱ぎ捨てた。

有紀の下着はどちらもコットン素材のブラとパンティ、それにパールホワイトのパンティストッキングだった。パンストも脱いだ。ブラはフルカップで胸元にフリルがついている。パンティはシンプルなものだが、正面にはめこみレースがあしらわれて、黒い翳《かげ》りの上端が少し透けてみえる。それが何ともエロティックだ。

「まぁ、バストがあるのね。私なんて恥ずかしいわ」

早苗が羨ましがる口調で賛嘆した。体格は彼女の方がよい。背も高く、スラリと脚も長く、水泳選手のような逞《たくま》しさが腕と腿にはある。ただ乳房のふくらみは有紀の方がある。たぶんどちらも同じぐらいのサイズなのだが、有紀は全体に細いわりに乳房とヒップが張り出しているのだ。カップは二サイズほど彼女の方が大きいに違いない。

早苗は正統的な塑像に見られる健康的なエロティシズムで、有紀の方は成熟と未熟のアンバランスがかもし出す不思議なエロティシズムと言えば言える。

「黒と白か。うーむ、いいコントラストだな」

圭が感心していると、早苗が言った。

「中尾クンも脱ぎなさいよ。私たちだけなんて狡《ずる》いわ」

「脱げって……おれが下着になったって色気も何もない」

「そんなことないわよ。傍観者は許さないわ」

「分かった」

圭はシャツとジーンズを脱いだ。下はビキニのぴったりとしたブリーフだ。

「素敵なブリーフね。シルクでしょ？　中尾クンって下着に凝るのね？」

「そりゃシルクは穿きごこちがいいからね」

「でも、シルクの下着を毎日着てる男の子って、あんまりいないと思うよ」

早苗の視線は圭の股間の膨らみに注がれている。三人が下着だけになったということで、部屋の雰囲気はグッと淫猥なものになった。

「じゃ、それからの続きを話すわね」

早苗は白ワインをもう一口啜ってから、また告白を続けた。

早苗を柱に縛りつけて放置する〝お縛り〟というお仕置きは、それからも何度も続けられた。決まって母親の真紗子が外出する時だった。それも買い物とか用足しなどで少しの間、家を開ける時が多かった。早苗の些細な言動を咎《とが》め、「ママが戻ってくるまで、そうやって反省しなさい」と、小学校四年生の少女を緊縛してしまうのだ。

早苗は嫌がる。しかし外見だけだ。内心「また縛られるかしら？」と思いながら、ドキドキして待っているのだ。

「許してママ。言うことを聞くから縛らないで」

「ダメです。こうやって体に言い聞かせないと早苗は分からないんだから」

ちょうどむし暑い時期だった。真紗子が外出する時はいつも閉め切るので部屋の中はムウッとした空気がこもる。

「早苗ちゃん、お洋服を脱ぎなさい」

そう命じて小児用のスリップとパンティだけにしてから、真紗子は和装用の細紐を取り出すのだった。観念した様子で早苗はシオシオと母親に背を向けて両手を背中に回す。その時、胸がドキドキいうのが母親に聞こえないかと心配になるぐらいだ。

　細紐が手首に回されてキュッと締めつけられる。

（ああ、もう抵抗できない。逃げだせない）

　そう思っただけで膝がガクガクしてしまう。

「許して、ママ」

「もう遅いわ」

　二人の会話は、いつしか儀式のように決まった言葉が用いられるようになっていった。

　胸に細紐を回して二の腕も動かないようにしてしまう。不思議と真紗子の縛り方は巧みで、いくら暴れても早苗は細紐を緩めることが出来なかった。それでいて血行を阻害して痺《しび》れてしまうほど緊くはない。

「さあ、ここに立って」

　台所と居間の間の柱を背に立たされて、もう一本の細紐が彼女の腰のくびれを柱へとくくりつけてしまう。少女はもう逃げることが出来ない。

「じゃあ、口をアーンして……」

「いやぁ……」

　泣き声を出す継娘の鼻をつまんで、否応なしに口を開けさせると、折り畳んだハンカチをぐいと詰めこんでしまう。そして仕上げは豆絞りの手拭い。

「…………」

立ち縛りにされた少女は、もう目でしか気持ちを表現できない。

「じゃあ、ママは出かけるわ」

台所の勝手口から真紗子は出かけてゆく。柱はその勝手口に面している。ピシャリとドアが閉まり、ガチャッと外から鍵をかけられると、もう早苗は一人ぼっちだ。

ある時は一時間、長い時は二時間ぐらい、彼女は放置される。

口の中のハンカチは唾液を吸い取り、喉は渇いてくる。それとは反対に、膀胱にはしだいに尿が溜まってくる。不安と昂奮も手伝ってか、三十分もすると尿意は耐えがたいほどになる。

いつ放尿するか、そのタイミングを早苗は考えるようになった。

継母は彼女がお洩らししても絶対に咎めない。打ちひしがれた少女をかえって優しく慰める。帰ってきた時、早苗がお洩らししていないと、かえって期待はずれというか、残念がるような態度を見せる。

「あら、今日はよく我慢したのね」

その言葉は彼女の忍耐力を褒めているのではないことを敏感に察したから、早苗は必ず下着を尿で濡らすようにした。

ただ、あまり早く放尿してしまうと、濡れた下着が肌にまつわりついて体温を奪う。だからギリギリまで待って、真紗子が玄関を開けた時に堰を切ることにした。

彼女の足元に出来た水たまりはまだ湯気をあげていて、濡れた下着は生温かい。そんな状態で縛られた娘は継母の足音が近づいてくるのを聞く。

「まあまあ、またお洩らしして……」

その声を耳にすると早苗は顔を赤くして俯き、啜り泣く。そんな打ちひしがれた態度が真紗子を喜ばせることを早くに理解したのだ。

一緒に入浴して体を洗ってもらい、浴槽の中で赤ん坊のように継母の豊かな乳房にすがりつき、乳首をしゃぶる。その時が早苗の一番幸福な時だった。

「まったく、四年生にもなって早苗ちゃんは赤ん坊なんだから……」

そう言いながらも真紗子は、血のつながらぬ娘を愛《いと》しそうに抱きしめるのだった。

その母娘の遊戯が新たな展開を見せたのは、真紗子が貞夫との結婚を決意してからだった。

早苗は五年生になり、十歳を過ぎて初潮もみた。胸は少しずつふくらみ始め、時々、疼《うず》くような感じを覚える時があった。

正式にプロポーズされて、それを受け入れた日、真紗子は、まず早苗に男女のことをしっかり教えることに決めた。

その夜、真紗子は自分の床に早苗を呼び寄せた。

(今夜は何か違う……)

継母は浴衣《ゆかた》の寝衣をキチンと着て敷き布団に正座している。パジャマ姿の早苗は、少し緊張して自分も正座した。

「早苗ちゃん。これからママの言うことをよく聞くのよ。女の人はね、好きになった男の人と一緒になって、赤ちゃんを生むのが当たり前のことなの。あなたを生んだお母さんも亡くなったお父さんのことを好きになって、一緒になって早苗ちゃんを生んだのよ。それは分かるわね」

早苗は頷きながら息苦しさを覚えずにはいられなかった。継母は大人の秘密にしていることを教えようとしている。それを直観的に理解したからだ。

「残念なことに、亡くなったお父さんはママに、子供を生ませられなかった。お父さんが体を悪くしてしまったから。だからママは、まだ誰の子供も生んでいないの。このことを早苗ちゃん、どう思う？　ママに一生、自分の子供を生んで欲しくない？」

そう言われては、早苗も「はい」とは言えない。首を横に振り、か細い声で「いいえ」と答えた。早苗は微笑した。

「ありがとう、分かってくれて。ママは、好きになった男の人と結婚して、赤ちゃんを生むことにしたの。松永薬局のおじさんよ。おじさんが新しいお父さんになるわけね。二人で赤ちゃんを作ると、早苗ちゃんには弟か妹ができることになる。お父さんとお母さんと子供たちがいる。それが当たり前の家庭だよね？　早苗は当たり前の家庭の子どもになるのはイヤ？」

もちろん「いいえ」としか答えようがない。

「でも、早苗ちゃんは、これまでと同じよ。ママは早苗ちゃんのことを自分が生んだ子供だと思って今まで育ててきたんだから……」

それから真紗子は寝衣を脱いだ。下着は着けてなかった。全裸の体をシーツの上に仰向けにして、声もない少女を手招きした。

「早苗ちゃんも生理が始まったのだから、女の人の体のこと、ちゃんと教えてあげる。さあ、いらっしゃい」

真紗子は早苗の寝衣を脱がせた。

「いい、ママの体が大人の体。早苗ちゃんが子供の体。どこがどう違うかな？」

自分の指で秘唇を拡げさせ、成熟した女性と少女の性器がどう違うか、早苗にじっくりと見せた。それまで性のことには無知に近かった早苗にとって、すべてが驚異だった。

濃密に繁茂した縮れの強い秘毛、ふっくら盛り上がった悩ましい秘丘、むっちりした肉の堤である大陰唇と、花びらのように見える小陰唇が、自分と早苗とでどう違うか。膣は赤ん坊が出てくる道であると同時に、「好きになった」男性のペニスを受けいれて、精子というものを受け入れるための通路であること——。

鏡を持ちだして、早苗の処女膜もしっかり見せた。

「男の人のペニス、おちんちんはね、好きな女の人と一緒にいてキスしたり抱き合ったりしているうちに大きくなって固くなるの。そうねぇ、これぐらいかな」

真紗子が示した鏡台の上の化粧品の瓶を見て、早苗は悲鳴のような声をあげた。

「どうして、そんなのが入るの!?」

真紗子は継娘の指を自分の膣口へと導いた。それが簡単に襞《ひだ》の多い通路に入ってゆくことに、早苗は驚嘆した。

「早苗ももう少し大きくなると、膣の入口ももっと発達して、ペニスが入ってもいいように準備が整うの」

母親の説明は詳細を極めた。発育するに従って女の子も性欲——男の子のペニスを受け入れて精子を入れてもらいたい欲望が発達すること。そういう時は膣口から液体が溢れてきて、ペニスの挿入が容易になること。クリトリスを刺激することによって性欲が刺激されて快感が得られること……。

　実際、真紗子は自分のクリトリスを自分の指で愛撫し、膣口から薄白い液体が滲み出てくることを教えた。

「早苗にも、クリトリスはあるの？」

「もちろんあるわよ。触ればいい気持ちがするわ」

「本当かなぁ」

　継母の目の前で股間を拡げ、手鏡に割れ目を映してみた。真紗子が指でクリトリス包皮をめくって、米粒のように小さな肉芽を示してやった。

「これが、そう」

「えー、ママのと大きさが全然違うわ」

「当たり前よ。ママは大人だもの。でも早苗も触れば気持ちいいと思う。待って。試してみるから横になってみて」

　言われたとおりに少女が仰向けになると、股を拡げさせて真紗子が股間に顔を近づけてきた。

「アッ」

　真紗子の唇を秘唇に受けて、早苗は驚いて跳ねおきようとした。

「いいの、恥ずかしがらなくても。舌で触れられると一番感じるんだから」

「だって……」

真紗子の舌が秘核の周囲をゆっくりと這った。たっぷりと唾液で濡らしてからチロチロと幼いクリトリスを舌先で転がすようにした。少女は悲鳴のような声をあげた。

「あー、何かヘン。くすぐったい！」

「それでいいのよ。敏感な所なんだから、決して乱暴に触ったりしたらダメ」

そのうち、真紗子は頭がボーッとして体が浮いてくるような感じを味わった。尿をこらえて出そうか出すまいかと逡巡《しゅんじゅん》している時のような、苦しいけれど快美でもあるという、甘い感覚が生じてきた。

「ああン……ママ。はあっ」

早苗の白い裸身がシーツの上でくねり悶えた。

「ふふ、早苗ちゃんはりっぱに成長しているわ」

しばらく舌による刺激を続けてから真紗子は顔を離し、早苗に訊いた。

「どう、気持ちよかったでしょ？　大人はね、あれをもっと続けていると最後に、イクという状態になるの。一番気持ちいい瞬間。うーん、説明しにくいな……」

オルガスムスをどう説明したものか考えた真紗子は、自分がそれを体験してみせることにした。

「好きな男の人がいない時でも、体が大人になると自然に気持ちよいことをしたくなるの。だから手で触って慰めて、イクの。それがオナニー。ママもずっと一人だったからよくするのよ。こういうふうにね……」

全裸の熟女は、早苗に向かって股を開いた。片肘《かたひじ》を立てて上体はやや斜めに起こし、もう一方の指で秘唇を開く。

それまで早苗に見せつけたり触らせていたことで、真紗子は明らかに昂奮していた。それは乳首やクリトリスの勃起の他、膣口からの愛液の分泌でも明らかだ。米のとぎ汁を思わせる白い液は今や会陰部まで濡らしている。

もっとよく見ようと顔を近づけた早苗は、真紗子のその部分から香り立つ甘酸っぱい匂いを嗅いだ。

「いい？　自分で楽しむには、まずクリトリスをね、こういうふうに最初はそっと、撫でてやるの。ほら、こう……」

人差し指と中指を揃えて、指の先端で円を描くようにして勃起したピンク色の肉芽を撫でてやる。

「オナニーをする時は、不潔にしたらダメよ。指もここもきれいに洗ってからしてね。でないとバイ菌が入って、病気になっちゃうかもしれない。お風呂に入った後ならきれいだから一番いいのよ」

正しいやり方を教える真紗子の声が、しだいに上ずってきた。少女は継母の動かす指が愛液でまみれ、ニチャニチャという摩擦音をたてながら複雑に動くのを見ていた。

「最初は優しく、軽く撫でたり、押しつけて揉むようにしたりするの。そのうちだんだんいい気持ちになってきたら、強く早く動かすの。こうやってリズミカルに……あっ」

真紗子は呻き、ビクンと腰を揺すった。目が陶酔の色を濃くし、やがて瞼が閉じた。

「ママ、痛いんじゃないの？」

時々、「うっ」と呻いて眉をひそめるようにする仕草は、何か痛みを感じている者のそれに似ている。早苗は心配になって訊いてみた。薄目を開けた継母は微笑した。

「痛いんじゃないの。イキそうなの。とっても気持ちがよくなってきてね、体が勝手に動いたり、顔も苦しいような感じになるけど……ああ、気持ちいいわ。あうっ！」

さっき自分のクリトリスを舌で刺激された時はくすぐったいような妙な感じだったが、継母は、それとは別の感覚――快感を味わっている。早苗はただ感嘆して、孤独な悦楽遊戯の世界で呻き悶える真紗子の裸身を眺めるだけだった。

「あっ、あうっ……はあっ、あー、早苗ちゃん、ママ、イキそう。見ててね、ママがイクところ。オナニーって気持ちいいのよ、はうっ」

　早苗は思わず母親の乳房を鷲摑みにしていた。

「見せて、ママ。イクってどんなふうになるの。見たい」

「見せてあげる。もうすぐよ……はあっ、あっ、あうっ……ううう」

　クリトリスを弄《いじ》る手指の動きがさらに目まぐるしくなった。そして真紗子は絶頂した。汗まみれの裸身が二度、三度と激しく跳ね躍った。太腿の筋肉がブルブルッと痙攣《けいれん》して、「あーっ、あああっ、イク、イク、イクうっ！」

　切ない声を張りあげたかと思ったとたん、尻を浮かせるようにして全身がピンと硬直した。爪先まで痙攣が走った。

「あー、おおっ、おうおう、おおッ……うッウッ」

　黒髪を振り乱して顔を左右に、上下に激しく動かした真紗子は、しばらく全身をわななかせていたが、自分が刺激していた指を股で挟みこむようにして両足を揃えて伸ばし、ぐったりと全身の力を抜いて仰向けになった。

　少女は、自分で自分を刺激することによって得られる快楽のことを初めて知った。

　真紗子が結婚するまでの短かい日々、毎晩のように早苗は一緒の寝床に入り、乳房を吸いながら継母に秘部を愛撫してもらった。彼女は知らなかったが、それは熟女と少女のレズビアンプレイに他ならなかった。

真紗子は膨らみの目立ってきた十歳の少女の乳房を揉み、唇で乳首を刺激し、ようやく若草の芽生えてきた下腹へと唇を這わせる。

「あっ、ママ……アーン、いやーン」

恥ずかしさと嬉しさのいりまじった声を張り上げて悶える細い体。真紗子は同性だけが知っているポイントを巧みに刺激してやる。

おかげで早苗は、何回目かの夜に初めて、イクというのがどんな快感なのかを知ることが出来た。

「アーッ！」

頭の中が真っ白になり、体が浮き上がって、ストンと落ちるような不思議な感覚。全身に痙攣が走り、何度も何度も継母の顔に向けて腰を突きあげて少女は果てた。

「じゃ、ママも喜ばせて……」

そう言われると、少女はいそいそと真紗子の股間へと顔を埋めた。

真紗子の秘部は香水を振りかけているせいもあったが、それとは別の芳香もして早苗は嫌悪を感じるどころか、いつも匂いと眺めに魅惑されてしまった。

「そう、指はそこを……舌でそこ……」

舌と指を使って同性を愛撫するテクニックを真紗子はしっかりと伝授してくれた。十歳の少女は継母によって熟練したレズビアンに教育されたのだ。

やがて松永貞夫と結婚した真紗子は、早苗を伴って貞夫の家へと移った。

父親は朝早くに家を出る。真紗子は早苗を学校に送り出してから自分も夫の店へと出かけた。だから早苗は鍵っ子であることに変わりはなかった。

しかし転校したことによって「もらいっ子」などとバカにされたりいじめられたりすることがなくなり、早苗はずっと明るい子供になった。貞夫の家は裕福だったから、物質的には何不自由なく育てられた。

真紗子はさすがに寝床に早苗を導くことはしなかったが、お仕置きは定期的に行なわれた。それは継母の娘に対する一種の愛情表現のようなものだった。

お仕置きはいつも、貞夫が夜、業界の集まりに出かけたりして帰宅が遅くなる夜に行なわれた。

新しい父親に対する態度、学校の成績、自分の身の回りのことの始末——何かと理由をつけては真紗子は継娘を叱責し、「反省しなさい」と言ってお仕置きを開始するのだ。

その頃はもう、スリップも脱がせ、パンティ一枚にするのが習慣になっていた。

場所はふだんは使わない和室の客間。その畳の上に早苗を四つんばいにさせて、真紗子は少女のパンティを膝まで引き下ろす。まだ青い林檎《りんご》のような硬質の曲面をもつ臀部を平手で、時にはプラスティックの定規を使ってパンパンと叩く。スパンキングは両方の尻朶がお猿のように真っ赤になるまで続けられ、早苗は苦痛と屈辱に泣き悶えながら「許してママ！」と哀願するのだ。

それからお縛りだ。

パンティは再びきちんと穿かせられ、細紐できっちりと後ろ手に縛られ、床の間の床柱に立ち縛りにされるのだ。時には両手を上に伸ばした姿勢で手首を柱の上部にくくりつけられることもあった。胴体にも細帯がかけられることが多いが、脚の方はいつも自由だった。

口にハンカチやガーゼを畳んだものが押しこまれ、豆絞りの手拭いで猿ぐつわをされた後、足元に大きなビニールの風呂敷を拡げられる。

「充分、反省するのよ」

そう告げて真紗子は部屋を暗くして去ってゆく。早苗はヒリヒリと火照《ほて》る臀部の痛みにしばらくの間、ヒップをくねらせて悶える。

その痛みが去った頃、尿意がしだいにつのってくる。

やがて貞夫が帰ってくる。その気配がした頃、早苗はパンティの下で勢いよく尿をしぶかせるのだ。継母と同様、この継父も彼女のお仕置きを好み、特にお洩らしの姿を見ると喜ぶということを早苗は理解していた。

客間の隣も和室だが、そこは夫婦の寝室である。やがて貞夫と真紗子が入ってきて、会話が襖《ふすま》ごしに聞こえてくる。

「早苗はどうした？」

「いま、お仕置きしてます」

「お縛りか。可哀相に」

「でも、キチンとした躾けをしないと、困るのは本人ですから」

「それもそうだな。どれ……」

襖が細めに開き、貞夫がソッと覗く。早苗は羞恥に全身を火照らせ、俯いてしっかりと目を閉じる。それでも彼の視線が全身を舐めてゆくのが素肌に感じられた。

「ふむ、お洩らしししているぞ」

「本当に困った子。我慢できないんだから……」

「女の子は男の子とは違う。まだほうっておくのか」

「ええ。もう少し」

襖はまたピタリと閉じられる。しばらくして男女の荒い息が聞こえてくる。

「ああ、あなた……」

「うっ、真紗子。おお、むっ……」

どうやら貞夫は、少女が裸で縛られ、お洩らししている姿に激しく欲情するらしい。真紗子は真紗子で、それを巧みに利用していたのかもしれない。

継娘が襖一つ隔てた部屋で聞き耳を立てているのを承知で交わってから、頬を上気させた顔でやってきて優しく言葉をかけながら解放してくれる真紗子を、やがて早苗は嫉妬するようになった。

ある晩、そうやって放置されている時に、早苗はふと気がついた。いつもならキッチリと閉じられている襖が、かなり開いているのだ。

客間は暗く、寝室は明るい。その隙間から艶めかしい夜具の上でからみ合っている全裸の男女が見えた。

（ママがパパとセックスしている……）

それは初めてみる男女の交合だった。

全裸になった貞夫と真紗子は、掛けぶとんをはねのけて白いシーツの上に横たわっている。抱擁し情熱的な接吻をかわしながら互いの体をまさぐりあっている。初めてみる男の欲望器官が、真紗子の手の中でぐんぐん太く逞しく、血管を浮き彫りにするほど膨張してゆくのを、早苗は驚愕《きょうがく》しながら凝視した。

貞夫は、妻の豊かな乳房を揉み、乳首を吸い、さらに股間へと顔を埋めていった。

「ああ、あーっ、いい」

のけぞってよがり狂う真紗子。早苗はふと激しい嫉妬に駆られていた。

(ダメっ、パパ、そのおっぱいもあそこも、私のものなのに……)

次いで貞夫が仰臥し、真紗子が屹立したものを口に含み、手で睾丸を撫でた。

(えーっ、あんなふうにしてあげるの!?)

それもまた、早苗が知らない行為だった。

やがて仰臥した真紗子の上に覆いかぶさって、貞夫は怒張した欲望器官を柔肉のトンネルに突きたてた。

真紗子は激しく乱れ、あられもないよがり声を張り上げてオルガスムスに達し、同時に夫のエキスをたっぷりと子宮に注がれた。

結婚したばかりの夫婦の営みは、一度だけでは終わらなかった。

真紗子は夫の器官を拭うと、再びそれを唇に含んだ。長い時間をかけると男根は隆起した。

真紗子は四つん這いになって夫を受けいれた。

そうやって二度の情交を楽しんだ後、貞夫は疲れ果てたのか深い眠りに落ちた。

真紗子は全裸のまま客間に入ってきて、ぐっしょり濡れている継娘のパンティを脱がせて指で秘裂をひろげた。そこが尿ばかりでなく白い液で濡れきらめいているのを見て、熟女はニッコリ笑った。

黙って口を押しつけ、すでに初潮を迎えた少女の秘部を舌で丁寧に清めるようにして刺激する。そうされると、たちまち早苗はのぼりつめ、全身を打ち震わせて母親の口にピピッと愛液を迸らせた。

「早苗ちゃんは感度がいい子ね。きっといいお嫁さんになるわよ」

真紗子はそう言い、ようやく細紐をほどいてくれた——。

# 第五章　肛門姦

「えーっ、そんなことまで？……信じられない」

　年上の女から彼女が少女時代に受けた仕置きの数々を聞かされて、有紀は目を丸くして驚いている。と同時に激しく欲望を刺激されたのも事実で、組み合わせた脚をもじもじさせている。それはブリーフ一枚の圭も同じことで、彼の紺色のシルクの下着の前の方はテントの支柱を立てたように隆起していて、その先端が尿道口から滲んだ液でシミになっている。早苗はしみじみとした口調で言った。

「私はママに感謝してるわ。早いうちからセックスの歓びを教えてくれたんだから、それもちゃんとした性教育と共にね」

「でも、それでレズビアンになったとしたら……歪んだ性教育ということじゃないかな」

　圭が口を挟むと、

「正しいやり方……つまり男の方は、パパがやってくれたもの」

平然と言葉を続けた早苗だ。圭も有紀も、今度ばかりは愕然《がくぜん》とした。

「えっ、パパが!?」

「そうよ。ママの再婚相手で、私の養父にあたる人がね」

黒いランジェリー姿も魅力的な美人薬剤師は、さらに驚くべき体験を打ち明けた。


まもなく真紗子は妊娠した。そうすると早苗に対するお仕置きの回数も減った。早苗は毎晩オナニーで、継母にかまってもらえない寂しさを慰めていた。お洩らしのほうも一人で入浴する時、洗い場でパンティを穿いたまま放尿して楽しむ程度だった。

臨月が近くなると、真紗子は栃木にある実家に帰って出産することになった。二カ月は帰って来られないが、その間の貞夫と早苗の面倒は家政婦が見てくれる。

実家に行くその日、早苗は真紗子に呼ばれた。

「早苗ちゃん、ママが留守の間、ママのかわりをしてね。パパに言われたら、何でも言うことをきくのよ」

その言葉を聞いた時、早苗は体が震えた。継母の言葉が何を意味しているのか、ぼんやりとではあるが推測できたからだ。

母親がいなくなって最初の夜、三十代半ば、男盛りの年齢にある松永貞夫は、夕食のあと、早苗に言った。

「早苗。パパと一緒にお風呂に入ろう」

それまで一度も言われたことがない言葉だが、早苗は従順に頷いた。

「はい、パパ」

浴室で養父は、十一歳になった少女に自分の男性器官を丁寧に洗わせた。少女の指が肉茎を握っても、目に見えるほど膨張はしなかった。早苗はものたりなかった。

（ママが握ると、すごく大きくなったのに……）

今度は貞夫が養女の体を丁寧に洗った。それから彼は洗い場に仰向けになった。

「早苗。パパの顔の上に跨がりなさい」

「え!?」

びっくりしている早苗の耳に「パパに言われたら、何でも言うことをきくのよ」という継母の声が甦った。

「恥ずかしい……」と呟《つぶや》きながら、少女は中年男の脂ぎった顔の上に跨がった。当然、秘部は口の真上にくる。養父は早苗の処女の部分を指で拡げ、しげしげと点検して唸った。

「うーむ、きれいだ、早苗のここは。ヘンな男にさせるんじゃないよ。処女は本当に好きになった男の子だけにあげるんだよ」

それから唇を押しつけて賞賛するようなキスをした。少女は「あ……」と羞恥の呻きを嚙みしめた。しかし真の驚きはその後の言葉だった。

「そのまま、おしっこしなさい。パパが飲んであげる」

「え⁉」

早苗は自分の耳を疑った。

「小さい子供のおしっこはね、パパのような年齢の人には薬なの。さあ」

両手でグイと太腿を摑まれた。その表情は真剣そのものだ。

「はい」

早苗は気迫に押されて頷き、力み、シャーッと尿を迸らせた。

「うぐ、うぐッ」

継娘が放出した尿をゴクゴクとすべて飲み干した時、貞夫のペニスは怒張して天井を睨《にら》みつけていた。早苗は嬉しくなった。自分の行為が、本当に父親に活力を与えたような気がしたからだ。

「汚くないの？」

少し心配になって訊くと、貞夫は答えた。

「おしっこは汚ないものじゃないんだよ。水道の水だって顕微鏡で見たらバイ菌がうようよいるけど、おしっこの中にはバイ菌なんか一匹もいない。世界で一番きれいな水なんだから」

「毒は入ってないの？」

「とんでもない。その時に体が必要としないものが入っているけど、毒のようなものは少しも入っていない。ただ、おしっこを出してほうっておくと、尿素というのが腐ってアンモニアになる。こいつは人間には毒だけどね」

「薬になるってほんと？」

「ああ。おしっこの中には分かっているだけでも二千種類もの物質が溶けているんだ。そういうものの中には人間に役に立つ物質もいっぱい入っている。自分のおしっこを飲む健康法というのもあるんだよ」

「ママのも飲んでるの？」

「もちろん。ママのが飲めなくなったから、これからは当分、早苗がおしっこを飲ませてくれるんだよ。だけど、こういうことは誰にも言ったらダメだよ」

「はーい」

　浴槽の中で貞夫は、養女を抱き締めて体をまさぐりながら言った。

「ママが言っただろう？　いない間は何でもパパの言うとおりにしなさいって」

「はい」

「今晩からパパと二人だけだから、二人だけの規則を作ることにした。早苗はその規則を守ること。違反したらお仕置きだよ」

「はい」

その規則は三つだけの簡単なものだった。

その一。家政婦は夕食の仕度を終えたら帰る。そうしたら早苗はパンティ一枚だけの裸になって、朝まで洋服も寝衣も着ないで過ごす。ただ、貞夫が命じた場合は特別な下着や寝衣を着る。また「脱ぎなさい」と言われた時はパンティも脱いで素っ裸になること。

この家は、貞夫が昔の地所の上に建てたオーナービルだ。一階が薬局とガレージ、二階と三階は事務所に貸していて、四階の全部が貞夫の住いである。だから玄関のドアに鍵をかけさえすれば、もう誰が入ってくるという心配はない。気密性も高いからエアコンを動かしている限り裸で暮らせる温度が保てる。

その二。真紗子が帰るまでの間、夜は貞夫と一緒の寝床で眠ること。

「早苗はママの代わりだから、同じことをするんだよ」

「はい」

「よし。最後の規則。それはここ」

養女をタイルの床に這わせて、可憐な肉のすぼまりに指を触れた。

「あっ、汚ないよ、そこー！」

「だから、パパが洗ってあげる」

石鹼の泡をたてて周囲を指で洗ってやる養父は、やがてその指をアヌスへ侵入させた。

「いやっ」

「抵抗したらお仕置きだよ。何でも言うことをきく約束だろう」

強く首ねっこを押さえつけられて、早苗は父親の指が直腸まで侵略して腸壁をまさぐるおぞましい感触に呻いた。しかし石鹼の泡が潤滑剤になっているので苦痛は少なかった。

「うん、かわいいお尻だ。どこも悪くない」

検査の結果に満足して指を引き抜いた貞夫は、三つ目の規則を告げた。

「この穴にパパのこれが入るように、これから訓練するからね。だから、いつもきれいに洗っておくんだよ」

「パパのを⁉　そんな……無理だよ」

さすがに少女の顔は恐怖にひきつった。この隆々としている太く逞しいものを自分の肛門が受け入れるなんて考えられない。

「無理なことはない。訓練すればちゃんと大丈夫。お尻の穴にものを入れられるというのは、痛いどころか気持ちいいんだよ。さっそく今夜から、この三つの規則をきちんと守るんだよ」

浴室から上がると、すぐ第一の規則の適用だ。

「今夜はこれだけ着ていなさい」

貞夫が持ち出してきたのは、赤い、レースのTバックショーツだった。本来は大人の女性がセクシィな気分を出すために着ける、秘毛も何も透けて見える煽情的なデザインのものだが、乳房と共にヒップもふくらんできた早苗に、その伸縮性に富んだ下着はぴったりフィットした。

「うわ、、恥ずかしい」

赤くなる早苗。しかし自分が母親と同じように一人前の女性のように扱われた気がして嬉しくもある。いそいそと足を通した。

「うん、よく似合う」

貞夫は上機嫌だ。さっそく赤いレースのちっちゃなパンティを穿いただけの十一歳の養女を自分の寝室へ抱きかかえてゆく。

寝床の中で口移しに貞夫にビールを飲ませるように言われ、そのとおりにすると、今度は彼の方から少しビールを飲ませられ、強く舌を吸われた。初めての異性との接吻だ。ビールが急速に回って、たちまち少女はボーッとしてしまう。

「さあ、パパにさわってごらん」

「はい……」

恥ずかしそうに養父の男性器官に手を伸ばし、言われるままに握ったり揉んだり、撫でさすったりする早苗。

やがて彼女の手の中で肉茎はズキズキと強く脈動しながら倍以上のサイズに隆起した。隣の客間から覗き見て知ってはいたが、自分の手で勃起させるのは初めてだ。早苗は嬉しくなった。

「よし、今度はパパが早苗を気持ちよくしてあげよう」

貞夫は自分の三分の一の年齢でしかない少女を抱き、かなりふくらんできた乳房を吸い、揉んでやった。ピンク色の乳首はたちまち固くなって勃起する。赤いレースの上から少女の秘丘を撫で、秘裂も揉む。布ごしの刺激でもクリトリスはけなげに尖って、膣口から溢れた液がTバックショーツの股布を湿らせた。

「よしよし、早苗の体は、もうすっかり大人だね」

貞夫は養女の下着をはぎ取り、まず股間に顔を埋めて、酸っぱい匂いのする処女の部分をていねいに指と舌で愛撫してやった。次にうつ伏せにした。

「お尻をあげて、もっと股を開いて」

　くりくり丸い尻たぶを左右に開き、可憐な排泄のための肉のすぼまりを露出させた。何のためらいもなく臀裂に顔を埋め、早苗のアヌスにキスした。舌を送りこんできた。

「あっ、いやっ、ヘン……」

　いやがる早苗をしっかり押さえこみ、熱烈にアヌスにキスしながら巧みに指を使い、クリトリスと処女の膣前庭を愛撫した。たちまち少女は強烈な快感を覚え、熱い吐息をついた。

「はーっ、あっ、うーっ……」

　快感を与えられると抵抗は失せる。貞夫は用意してあった麻酔剤入りの軟膏、キシロカイン・ゼリーを肛門と直腸に塗布してから、再び指を押し込む。二本の指を使って充分にマッサージして括約筋を緩める訓練だ。

「今夜は最初だから指だけ入れるけど、明日からは別なもので拡げるからね」

　そう言ってから、今度は自分が仰向けになり、早苗に屹立した肉茎に口で奉仕するように命令した。

　少女は喜んで従った。真紗子が彼に奉仕している姿を見て以来、自分もしたくてたまらなかったのだ。

「うう、ああ、上手だ。その調子だよ、早苗」

まだ小学生の養女にフェラチオさせる背徳の意識が、貞夫をもの凄く昂奮させたに違いない。彼はぎこちない口舌奉仕にもかかわらずたちまち限界に達した。

「早苗。口の中にパパの精子を出すけれど、それを出しちゃダメだよ。汚ないものじゃないから、ちゃんと飲むんだよ」

言い終わらないうちに「ううっ」と呻き、勢いよく牡獣の生臭いエキスを噴き上げた。早苗は言われたとおり、最後の一滴までそれを飲みこんだ――。

翌日は休日で、薬局も学校も休みだ。それをいいことに養父は夜の白むまで早苗の十一歳の肉体を玩《もてあそ》んだ。

一方的に奉仕させるだけではない。貞夫は熱心にクンニリングス、アニリングスをしてやって早苗が何度も失神するほどの快感を与えた。膣性交がないだけで、あらゆる性戯が繰り広げられた。

まだ成熟していない体をいたぶることで異常に昂り、四度も養女の口内に噴きあげた貞夫だった。

翌日から、彼女の肛門に自分の肉根を受け入れさせるための拡張訓練が始まった。

肛門を急激に拡張しようとすると粘膜が裂け、痔疾の原因になってしまう。貞夫は時間をかけてじっくり拡げることにした。

貞夫が使ったのは、アダルト・ショップから入手したアナル・エキスパンダー・プラグという道具だった。軟質のシリコンゴムで出来た、人工のペニスだと思えばいい。長さは五センチぐらい。真ん中あたりが槍の穂先のように張り出していて、簡単に押し出されないようになっている。

貞夫はそれを早苗の直腸に押しこんでおいて、革製のT字形のショーツを穿かせた。早苗は学校から帰ってくると、一日じゅうそれを着けさせられた。小さな錠がついていて、その鍵は貞夫が持っているから、自分一人で排便も出来ない。そのために貞夫は、腸の蠕動《ぜんどう》を止める薬を飲ませ、人工的に彼女を便秘状態にしてしまった。

夜、一緒に入浴する時にそれを外されて、今度は浣腸だ。

まずいちじく浣腸を数個使って、溜まった固形の便を排出させる。それから三百ccの大型ガラス製浣腸器を用いてぬるま湯を千ccぐらい注入する。

「苦しい、パパ……許して」

苦悶し泣きわめく養女を五分我慢させて排便させる。二度目はほとんど液体だけだ。

そうやって排便した後の肛門は筋肉が弛《し》緩《かん》しているから、太いものもラクに入るようになる。そうしておいて勃起したペニスの先端をあてがう。

「あーっ、ううっ、むー……」

亀頭先端部をめりこませてゆくと少女は脂汗を流して苦しむ。

「もう少しだな。じゃ、今度はこれを入れて」

前のより五ミリ太いプラグを押しこまれた。

少しずつ太いエキスパンダー・プラグを挿入されているうち、狭い肉の門は徐々に拡張されていった。

五日目、浴室でアナル検査を行なった貞夫は、挿入が可能だと確信した。

さっそく寝室で早苗のもう一つのバージンを奪う肛門凌辱の儀式を行なった。

全裸にした少女に充分フェラチオをさせてから、彼女を四つん這いにさせて、右手を右の足首に、左手を左の足首にゆわえつけてまるで亀のような姿勢にしてしまう。

「早苗はすぐ泣き声をあげるから猿ぐつわをしよう」

少女に穿かせていた黒いナイロンのTバックショーツを丸めて口の中に押しこんでしまう。

自分の性器の酸っぱい匂い、尿のツンとくる匂いに早くも悦虐の昂りを覚えてしまう早苗の股を拡げさせ、養父はキシロカイン・ゼリーを丁寧に直腸まで塗りこめた。

「さあ、入れるからね。これが入ったら、パパに本当に可愛がられたってことになるんだよ」

尿道からの透明な液でテラテラ光る赤黒い亀頭を槍のように菊襞の肉孔にあてがい、グッと押し込んできた。

「うーっ、むーっ……」

少女は白い喉をみせて反り返り、おかっぱの髪を振り乱して苦悶した。

「あんまり緊張しないで。息を吐いて……、そうだ。もう少しの辛抱だから」

ゆっくりと緊い排泄器官にめりこんでゆく男の肉槍。早苗の頰を涙が濡らし、背中にはべっとりと脂汗が浮く。

粘膜に傷をつけないよう、貞夫は慎重に侵略していった。妻の真紗子や他の女を相手にずいぶんと楽しんできたらしく、自信に満ちた態度で。

ズブ。

ついに亀頭が没入し、あとは一気にぐぐぐっと根元まで埋没した。

「くーっ！」

鳩の啼《な》くような声をあげたかと思うと、少女は透明な尿をジョボーッと洩らした。貞夫は汚してもいいいように、あらかじめビニールの布を敷いてある。

「よし、全部入った。やったぞ早苗」

貞夫が言うと、ボーッとした意識の中で少女も悦びを覚えた。

「もう少し我慢していろ。おまえのお尻の穴で、パパを最高に喜ばせるんだよ」

養父は少女の裸身を後ろから押さえつけながら腰を使いはじめた。最初はゆっくり、しだいにリズミカルに。それから緩く、また急に。同時に前に回した手指でじっとり濡れている秘唇を愛撫する。

「あっ、あっ……あー、はうっ、むー、うぐくく……うっ！」

嚙まされたショーツの奥から洩れ出る少女の呻きはやがて快楽のそれに変わっていった——。

「いい、あっ、ううう、おーっ！」

養父は吠えるような快美の声を発して、大量の精液をドバッドバッと断続的に早苗の直腸深部に噴射させた——。

それからというもの、貞夫は毎夜、早苗の肛門を楽しんだ。

行為の前は必ず入念なマッサージと潤滑、行為の後は充分に洗浄して座薬を挿入した。

ふだんから肛門を引き締める体操をやらせたので、養父の太い肉根を受けいれながら、なおかつ早苗の排泄器官は外見も機能も健康だった。

二カ月後、男の子を抱いて真紗子が帰宅した。

早苗はまた自分の部屋で一人で寝ることになり、あまりかまってもらえなくなった。それでも真紗子の体調が悪い時、生理の時など、貞夫は養女の寝室にやってきた。真紗子もそのことを黙認した。

　翌年、真紗子は女の子を生んだ。前年と同じように、真紗子が不在の間の性欲は早苗が受け止めた。それでも貞夫は決して早苗の処女を奪おうとはしなかった。それが妻との約束だったのだ。

　早苗が中学を卒業するまで、貞夫夫婦と養女の間の奇妙な性生活は断続的に続けられた。

　高校入学が決まった日、早苗は二人の前に呼ばれた。

「おまえの未来を考える時がきた。いつまでも私たちが拘束するのは早苗のためにならない。自分の家をあげるから、これからは、そこで一人で暮らしなさい」

　二人の実子が成長してきたので、早苗をどう扱うか難しくなった。そこで夫婦は考えて、彼女を別居させることにしたわけだ。

　しかし、彼女を放逐するのではないことを示すために、家から歩いても行ける距離にマンションを購入してやった。二ＬＤＫという充分な広さの住いである。これが今もまだ早苗が住んでいるこの部屋だ。さらに月々、充分すぎるほどの生活費を与えた。

　明日は引っ越すという夜、早苗は養父と養母にこれまで面倒を見てくれたことを感謝すると共に、一つだけ頼みごとをした。

「パパに私のバージンを奪って欲しいのです」

貞夫も真紗子も了承した。

「記念の夜だから、これを着なさい」

真紗子は真っ白な、肌の透けて見えるネグリジェを継娘に着せてくれた。

妻の見ている前で養父は、十五歳の瑞々《みずみず》しい裸身を抱き、逞しい牡の器官で処女の性愛の器官を貫いて、彼女を一人前の女にしてやった――。


「うわー、それで早苗さんは、男性も女性も受け入れられるのね。羨ましい……」

トロンとした顔つきで有紀が言う。彼女の手はもう、おおっぴらにパンティの中にもぐり込み、片手はブラカップの上から乳房を揉みしだいている。

「私なんか、まったく悲惨だったもの。何がなんだか分からないうちにゆり子さんと悠一くんに徹底的に調教されて、快感も何もあったものじゃなかったわ。悲惨な子供の奴隷」

「でも、そのおかげでお洩らしの楽しみとか知ったわけでしょう？」と早苗。

「うん。だけど感謝する気にはなれないわ。自分たちだけ楽しみたいだけ楽しんで、後はポイだもの。勝手すぎるし、もちろん私に対する愛情なんてひとかけらもなく……」

酔ってきて感情が昂ったのか、早苗の経験がよほど羨ましかったのか、有紀はつぶらな瞳から大粒の涙をポロポロと溢れさせた。

「何も泣くことないわよ。圭くんといういいパートナーと出会えたんだし、私という同じ趣味の友達も見つかったんだから」

有紀を慰めてから、早苗の告白は続いた。

高校時代の早苗はまじめな生徒だった。

父親の年齢である貞夫に調教されたことで、同世代の異性には関心がなかった。自分の性欲がかなり偏ったものであると自認していたので恋愛したりする気にはなれなかったのだ。欲望は常にオナニーで処理していた。同級だった圭の存在も、だから特に意識したことはなかった。

「そうだったのか。だけど、すごい美少女で人気者だったんだがなあ」

圭は苦笑して述懐した。

大学に入って、ようやく欲望を満足させるための相手を探すようになった。対象はもっぱら同性で、貞夫の尽力でいまの総合病院に就職してからは、数人の看護師を相手にしている。彼女たちは浣腸プレイ、尿道プレイなどの絶好のパートナーだ。

「でも、本当にお洩らしの好きなプレイメイトって、なかなか見つからなかったの。だからすごく嬉しいわ。今夜はお祝いよ、三人で楽しみましょうよ」

早苗が提案し、圭も有紀も頷いた。

「じゃあ、私の自慢しているものをお見せするわ」

彼女は二人の客を浴室へと案内した。

大理石のボウルのある洗面所の奥が浴室だった。中を開けると洋式の便器とビデが並んで置かれていた。片側には緑灰色の大理石を使った、床に埋め込む形式の浴槽。もう一方の側にはシャワー。床と壁はベージュ色のタイルを貼ってある。

「うわぁ、豪華。それに広い……」

有紀は目を輝かせた。白いブラとパンティだけの彼女の姿が、浴槽の向こうに貼ってある大きな鏡に映っている。

「これだけじゃないのよ」

そう言って、早苗が浴槽の上方の壁面にあるタイルの一つを押した。同じ色なので他人にはまったく見分けがつかないのだが、その下にスイッチが隠されていたらしい。

ウィーン。

微《かす》かなモーターの音がしたかと思うと、浴槽の壁に貼られていた鏡がスーッと片側の壁に吸いこまれていった。いや、鏡だけではない、壁面全体が動いている。

「これは、隠し戸？」

圭が唸った。

一つの壁がすっぽりと消えて、その向こうに、空間が現れた。

「秘密のお部屋なのね、これ……」

有紀が驚きの声を発した。

広さは八畳ほど。窓はまったくない。壁も天井も赤一色だ。濃い、ボルドーの赤ワインの色。圭は歩み寄って触れてみた。人工の素材だ。

「特別な合成ゴムよ。防水性があって弾力性があって、しかも防音性がある。お洩らしプレイの部屋に最適だと思わない？」

部屋の中央に二本の円柱が立っていた。床から天井まで達する、直径が十センチぐらいの柱だ。人工大理石といった感じの素材で、それはまっ黒である。上端と下端は金属のボルトでしっかりと床に固定されている。

「お縛りの柱ね」

すぐに有紀が指摘した。

「そう。二本あるのは、その間に立って、両手と両足を拡げて縛れるようにしたの。だけど二人を同時に縛ることも出来るわね」

その他に室内にあるものと言えば、壁面から突き出した蛇口と、それに取り付けられたノズルのついたホースだけだ。あとは奥の壁にはめ込みの戸棚があって、抽斗が数個。それらはすべて黒に塗装されている。つまりこの部屋は赤と黒に統一されているのだ。

「この鏡を見て」

早苗がまた壁面の一カ所を押した。モーター音がしてスルスルと壁が現れてきて、この部屋は密室になった。しかし鏡の部分が窓のようになって、向こうの浴室が見える。

「マジックミラーか」

圭はまた唸った。

「そうよ。こっちを暗くしておけば向こうが見える。向こうを暗くしておけば、こっちが見られる。だけど見られる側はただの鏡というわけ」

「すごい……だけどお金がかかったんじゃないの？」

有紀が言うと、早苗は笑って頷いた。

「ここは元は納戸だったんだけど、浴室と一緒に改造するのに何百万円とかかったわ。防水工事、給排水工事、エアコンと換気の設備なんかも完全にやったから」

「そんなお金、どうしたの？」

「病院で薬剤師やってると、いろいろと別収入があるのよ」

早苗はニンマリと笑ってみせた。圭はすぐに納得した。薬剤部は大量の薬品を扱う。製薬会社からの売り込みも激しい。特別な不正をしなくても、管理している薬剤師が副収入を得る途《みち》はいくらもあるのだ。

「だけど、自分の趣味のためにこんなにお金をかけるなんて……」

圭が呆《あき》れていると、早苗は肩をすくめてみせた。

「宝石を集めるのが趣味っていう人もいれば、世界中を旅して歩くのが趣味っていう人もいる。そんなのに比べれば、安いものだと思わない？」

「今まで、どんな人がここでプレイしたの？」

有紀の質問に早苗は笑顔を浮かべた。

「まだ一人も。だって、工事は先週終わったばかりなの。だから私とあなた達が最初のプレイヤーということになるわね」

# 第六章　尿失禁

「じゃ、記念すべき最初のプレイを、どういうふうに始めようか」

　圭が言うと、早苗が提案した。

「やっぱり、お洩らしプレイから始めましょうよ。有紀さんもお縛りでお洩らしが好きなんでしょう？　だったら二人一緒にしてみない？　圭くんに手伝ってもらって」

「ええ、お任せします」

　有紀が頷いたので、圭は二人を仕置き柱に縛る役目を受け持った。圭は早苗に対する貞夫、有紀に対する悠一の役割を与えられたわけだ。

　一メートル半ほど離れて立っている柱を背にして、二人の女は向かい合わせに立った。

「使うものは、一式、そこの戸棚に入っているわ」

　早苗が教えたので、圭は開けてみた。

　一番上の抽斗には猿ぐつわのためのガーゼ、包帯、テープ、それに緊縛用の縄や紐。二番目のは浣腸薬。ディスポーザブルの浣腸器が多数に、硝子製の浣腸器など道具が大小いくつか。いろいろな薬品、軟膏の瓶など。三番目は下着——ほとんどが色とりどり、素材もさまざまなパンティだ。さらにストッキング、ブラジャー、ガーターベルト、キャミソールなど。別な戸棚にはおむつカバーが何種類も。そして紙オムツの束。さらに高圧浣腸のためのイルリガートル、スタンド、ゴム管、カテーテルまである。圭は驚嘆した。

(こりゃ凄い。ここは失禁マニアの天国みたいなところだ……)

やがて二人の女は立ったまま柱に縛られ、互いの屈辱的な姿を見せあうことになった。黒いブラ、Tバックショーツ、黒いストッキングという早苗も、白いブラにパンティという有紀も、口にガーゼを押しこまれ、包帯をぐるぐる巻きにされて唇を覆われてしまった。

その状態で後ろ手に柱を抱くようにして手首を縛られている。ウエストの部分に細縄が食いこんで、柱と胴体を密着させている。下半身は自由だ。

「最初のお洩らしは薬を使わないでやりましょう」と早苗が言った。三人はワインをだいぶ飲んで、しかも一度もトイレに行っていない。圭でさえ尿意を覚えている。早苗と有紀も同じ状態だろう。

「早くお洩らしした方には罰を、我慢した方にはご褒美をやる」

この場では二人の女を責める側に回った圭は、そう言った。

「うー……」

「む……くっ……」

数分もしないうちに、二人の女は腰をもじもじさせ、太腿をすりあわせ始めた。つのる尿意が二人を責めたてている。

（いい眺めだ。おしっこをこらえて悶える女の姿は……）

二人の姿を等分に眺められる位置にどっかと胡座《あぐら》をかいて座った圭は、居間から持ってきたボトルからじかに白ワインを飲みながら、彼女たちの堰が切れるのを待った。

体型は対照的だ。大柄で均斉のとれた肉体をもち、顔は目鼻だちがすっきりして聡明な美貌の早苗。小柄で華奢な手足と胴体をもち、乳房とヒップはブンと張り出して、アンバランスな魅力をもち、少年っぽい可憐な容貌の有紀。どちらも圭の責め心をそそらずにはおかない。

十分後、まず有紀が限界に達した。

「むー……ウッ！」

下腹を突き出すようにしたかと思った瞬間、ビッという音がパンティの下から聞こえた。ジュワーというくぐもった噴射音がして、白いパンティの底が濡れ、あっという間に滝となって尿が落下してゆく。同時にパンティが底の部分から透明なものへと化して、黒い恥毛の形状が一瞬にして明らかになる。

「む……」

パンティを穿いたままでの失禁を圭に見られるのは初めてではない。しかし早苗の前では初めてだ。有紀は耳たぶまで真っ赤に染め、屈辱と羞恥にうち震えている。強い尿の匂いが立ちのぼる。

「ぐ……フグッ」

勝った早苗も、有紀が出しきったとみるや堰を切った。黒いTバックショーツの内側で溢れかえった尿が腿を伝う。有紀がしっかり目を閉じて放尿したのに、早苗の方はトロリとした目つきで瞼は半分開いている。陶酔の色を浮かべながら、ジョロジョロと洩らし、ジャーッと放ち、床に拡がった水たまりの面積をさらに拡げた。

「よし、有紀には罰だ」

圭は立ちあがって有紀の側に歩み寄り、白いフルカップのDサイズのブラを毟りとった。露《あら》わになった二つの豊かな隆起を両手でグイグイと揉む。

「うぐーっ！」

苦悶してのけぞる可憐な女子大生。尿に濡れた両足をバタバタさせて苦悶する。

「こうしてやる」

乳首を強くつまむ。指の腹と腹でギュッと押し潰すようにしてやると、

「うむー……むぐ、ぐうっ！」

猿ぐつわの下から切ない呻きを洩らしながら、まだ残っていた尿をジュルジュルと洩らしてしまう有紀だ。

圭は彼女の乳首が敏感なことを最初に抱いた時から知っている。だから徹底的に責めることにした。洗濯機置場に行き、プラスティックの洗濯ばさみを数個見つけて戻ってきた。

「！…………」

それを見て目をカーッと見開いて恐怖の色を示す有紀。圭のサディストの血が滾った。

まず、こりこりに勃起している右の乳首に洗濯ばさみを嚙ませる。

「ぐ！」

ビンビンとうち震える濡れたパンティ一枚の裸身。豊かな乳房もぶるんと揺れる。

もう一方の乳首にも嚙ませる。

「あ、グッ！　うー！」

白目を剝いて苦悶する。パンティの下でジョロッとまたおしっこをちびってしまう。

「そうしていろ」

今度は早苗に向いた。

年下の若い娘が、かつて同級生だった青年に責められて苦しむ姿を、うっとりと眺めていた早苗は、期待と不安の混じった表情で彼を見た。

「これがご褒美だ」

ぐっしょり濡れた黒いレースのショーツをひき下ろす。

下腹には秘毛が無かった。

黒いレースだったから気がつかなかったのだが、早苗は一毛残らずきれいに剃《そ》ってしまっていたのだ。

「はあー……こういう趣味もあったのか」

圭は感心しながら、早苗の秘唇を指で割った。花びらの内側は尿とは別のヌルヌルした液でうるみ切っていた。クリトリスが包皮を押しのけてポッチリと尖り、自己主張をしている。

有紀に比べればずいぶん大きい。

(レズビアンはクリトリスが大きいのかもしれない)

そんなことを思いながら、ぼってり膨らんだ珊瑚色の肉芽を中心に指の腹で揉みこんでやると、

「むー、うぐく、くう……く……」

鳩が啼くような声が洩れてくる。

背後では有紀が、乳首を洗濯ばさみに嚙まれて苦痛に悶え泣きしている。圭はますます残酷な気分になって、

「早苗がイカないかぎり、おまえの洗濯ばさみは取らない」と宣言した。

その言葉どおり、数分間というもの、有紀は涙をボロボロ流しながら痛みに耐えるしかなかった。

「むー！……」

圭の指で責められて、ピンと背筋をそらすようにして早苗はイッた。

「よしよし」

圭は有紀の責め具を外してやった。

「ふーっ……」

女子大生は安堵《あんど》して全身からガックリと力を抜いた。

「こっちのおまんこは、どうなってる？」

有紀の穿いていたコットンのパンティを引き下ろす。黒いしなやかな秘毛は尿に濡れてキラキラ輝いて美しい。その底の割れ目をさぐると、やはり薄めたミルク色の液を膣口から溢れさせている。彼女は苦痛に悶えながらも昂奮していたのだ。

「なんだ、痛がってばかりじゃないんだ。感じてたのか」

真正面の早苗によく見えるよう、腿をこじあけ、指で大きく秘唇を拡げて、愛液が湧き出る部分を露出してやる。

「ほら、早苗。よく見てやれ」

「うっ、く！……」

同性に羞恥の中心を眺められる屈辱と羞恥に、また全身をカッと火照らせ、俯いて啜り泣く有紀。圭を昂奮させる若い娘のみじめな姿だ。

ようやく圭は二人の猿ぐつわを外して、後ろ手に柱にくくりつけていた細縄もほどいた。

二人は膝の力が抜けたように、ペタリと臀部を濡れたゴムの床につけるようにして座りこんでしまった。

「喉が渇いただろう。水を飲ましてやる」

圭は仁王立ちになり、ブリーフを脱ぎ下ろした。二人の女は彼の前までにじり寄ってきた。

「交替で飲め」

放水すると早苗も有紀も顔を突き出して大きく口を開け、圭の肉根の先端から噴射される黄色い液を争うようにして飲みこむのだった。

「よし。よく飲んだご褒美だ。おれにケツを向けて四つん這いになれ」

パンティを脱がせた二人の女を床に這わせ、圭はまず早苗に背後から挑みかかった。

「ああー、圭くん、素敵っ」

圭の器官にふかぶかと貫かれた早苗が、あられもない声をはりあげると、並んで四つん這いになっている有紀が、恨めしそうな嫉妬を含んだ目で圭を振り返って見た。

「妬《や》くな、バカ」

圭は腰を使いながら、有紀の臀部をピシャッと打ち据えてやった。

「有紀、早苗のクリトリスをいじってやれ」

「はい……」

年上の美人薬剤師の下腹に手を伸ばしてクリトリスを玩弄する。

「うーっ、ああ、有紀さん……恥ずかしいわ。でも、気持ちいい……」

悩ましい声で切なく快美を訴える早苗。

「出していいのか」

確認すると、早苗は無言で頷く。

しばらく荒々しい抽送で早苗の肉を楽しむ。やがて早苗が激しく反応して、

「あうっ」

声を放って絶頂した瞬間に、圭も最初の噴射を遂げた。

「ふうー、高校時代から惚れてた早苗を。こうやって犯すとは夢にも思わなかった」

精液と愛液にまみれたペニスを抜いて、這ったままの有紀の顔に突きつける。

「…………」

無言でそれをくわえ、熱心に舌で清める有紀。たちまち圭は元気をとり戻した。

「じゃ、おまえにも情けをかけてやろう」

今度は有紀に挑みかかる。

「あー、ううっ……ウーン」

早苗の見ている前で牝犬のように貫かれる有紀。今度は早苗が年下の娘の乳房や下腹を撫でたり揉んだりする番だ。

「やっぱり若いわね。おっぱいなんか張りがあって……こんなに大きいのに、ゴムまりみたい。負けるわ」

口惜しそうに言いながらグイグイと揉み潰す。クリトリスもひねる、つまむ、弾く。

「ひーっ、許してっ！　ああッ、ウウッ」

圭が激しいピストン運動を開始すると、たちまち我を忘れる有紀。

「何をされても感じるタイプなのね、この子」

そのうち、ガクガクと頭を揺さぶりたて、ピーンと背筋を反らせた有紀は、

「おーっ、ああぁ、いやぁ！」

泣き叫ぶような声を吐き散らしながらイッた。その後を追うようにして圭も二度目の噴射だ。有紀はまだ安全な日だ。

「あー……」

尿に濡れた合成ゴムの床に顔を押しつけて十九歳の女子大生はつっ伏してしまった。

「おまえたち、二人で舐め合え」

圭が命じると、早苗が有紀を促して互いに逆向きに横たわり、自分の上になった脚を相手の体の上に載せて、開いた股間に顔を埋め、性器に唇を押しつける。膣の奥に圭が注ぎこんだ牡のエキスと愛液の入りまじったものを吸い、啜り、飲み込む。

「もう一度、やりましょうよ、お洩らしプレイ」

また昂ってきた早苗は、抽斗の中の薬箱から赤いシートに入っている白い錠剤をとりだした。

「これがラシックスの四十ミリグラム製剤。三人で一緒に服みましょう」

まるで得難い麻薬でもあるかのように、目を輝かせて口に含む有紀。早苗が流しこんでやった唾液で嚥下した。早苗と圭は有紀の唾液で服んだ。

「十五分もあれば効いてくるわ。それまでの間にまた縛って欲しいの」

「私も」

二人の女は、今度は膝立ちの姿勢をとった。早苗はTバックショーツを脱ぎ捨てて、無毛の秘部をまる出しにしている。身に着けているのは黒いストッキングだけだ。

「私は穿いていたいの」

有紀はそう言い、尿を吸ってぐっしょり濡れ、ヒップに貼りついている白いビキニパンティ一枚の姿で後ろ手縛りだ。

「猿ぐつわはどうするかな」

圭が訊くと、早苗は圭のブリーフをねだった。シルクの下着を丸めて押し込んでやり、粘着性の包帯などを留めるサージカル・テープをX字形に貼って唇を塞ぐ。

「むー……」

圭の匂いを噛みしめる早苗の表情は、もう陶酔している。

「あーん、私がして欲しかったのに……中尾さんの下着」

有紀は残念そうな顔だ。

「じゃ、おまえはこれだ」

ぐしょ濡れで床に落ちていた早苗の黒いレースのショーツを拾い上げ、ギュッと絞ってから丸めて押し込んでやる。尿と愛液にまみれた猿ぐつわだ。同じようにサージカル・テープで唇を塞ぐ。

二人の女はまた、互いのみじめな姿を見合った。頬を紅潮し、目をトロンとさせて。

早苗の言うとおり、しばらくすると激しい尿意が押し寄せてきた。

(これが利尿剤か……)

圭はその効き目に驚いた。

ズーンと押し寄せてくる圧倒的な尿意。彼はつい先刻、女たちの口の中に放水したばかりなのだ。

利尿剤の効き目は同様に女たちにも襲いかかっていた。

「うー……」

「む、むーん……むー……」

膝で立っている二人の女は、激しく腰を前後左右にくねらせ始めた。尿意を堪《こら》えるその動きは、ストリッパーが舞台でやってみせる、グラインドという淫らな演技に酷似している。

「くそ、こいつは我慢できん」

全裸の圭は二人の中間に立ち、まず早苗のソバージュした髪にジョーッと放水した。

透明な液体だ。しかも匂いがほとんど感じられない。

「うー……くうっ」

若者の尿を頭から浴びせられて早苗はもっと昂る様子だ。秘唇からは尿ならぬ愛液が溢れて内腿を濡らしている。

「おお、すごく出る」

途中で向きを変え、有紀のショートヘアーの上から浴びせてやった。気分としては一リットルぐらい出したような感じだ。

今度は早苗の方が先に堰を切った。

ジャーッ！

ほぼ真下に向けて股間から透明な液をしぶかせた。小陰唇が合わさっているせいか、まず霧状になって周囲に噴射され、その勢いで邪魔が失せると奔流となって両腿の間を落下する。

バシャーッ！

飛沫はまっ正面の有紀のところまで勢いよくはねた。

早苗の放尿を見た途端、有紀も尿道括約筋を緩めた。

ジャボジャボ。

濡れそぼったパンティの内側で放水が始まり、股布の一カ所から透明な水流が膝の間に落下した。

バシャバシャ。

ビジョー。

ジョロジョロ……ピッ。

ピシャ、ジョローッ。

二人の女は勢いのよい放水のあとも断続的にしぶかせて膀胱を空《から》にしようとイキむ。

「どんな味がするものか」

圭は興味をもった。有紀の話だと利尿剤を使って出す尿はぬるま湯のような感じだという。

彼は四つん這いになり早苗の剃毛《ていもう》してある秘部に唇を寄せた。ぼってりした大陰唇から小陰唇をはみ出させた部分に吸いつくと、早苗はまた溜まってきたものを押し出してきた。彼の口に尿が溢れた。

ゴク。

飲んでる。

(本当だ、味がしない。匂いもしない。これが尿か……)

ごくわずかに塩辛い味がするような気がしないでもないが、ふだんの尿とはくらべものにならない希薄さだ。

(これなら飲める)

圭はゴクゴクと飲んだ。早苗の顔は桜色に紅潮して、歓喜の表情だ。自分の尿を圭が飲んでくれることが嬉しいのだ。クリトリスが小さめの苺ほどにもふくらんでいる。

「おまえは罰だぞ」

今度は早苗の乳首に洗濯ばさみを噛ませてやった。

「うぐ、エーッ！」

悲鳴をあげてのけぞり跳ねる、尿に濡れきらめく裸身。

「有紀にはご褒美だ」

サージカル・テープを剝がし、口の中に押し込んであった早苗のショーツを取り出し、そのかわりに自分の勃起した器官を押しこんだ。

「飲め」

ジャーと放水する。有紀はまるで渇ききった遭難者が水にありついたかのように、喉を鳴らして飲み込んだ。

仁王立ちになって後ろ手、膝立ち縛りの裸女にフェラチオをさせ、途中、また尿意がつのるとそのまま口の中に放水した。

圭は柔肉を犯すために、有紀を解放した。自分はゴムの床に仰臥すると有紀は喜色を浮かべてパンティを脱ぎ捨て、屹立した器官に跨がって腰を沈めてきた。

両方の乳首に洗濯ばさみを噛まされた早苗は苦悶しながら、騎乗位で肉交を堪能する年下の女を凝視している。

「あーっ、いいっ、うあー……あうっ！」

自分から腰を上下に動かしてピストン運動を求めた有紀は、片手で乳房を、もう一方の手でクリトリスを刺激しながら歓喜の声を張りあげる。その間も透明な尿がジャーッと迸って圭の下腹に飛沫を散らす。

「おおお、オーッ！」

ついに数度目のオルガスムスで白目を剝くようにして失神し、後ろへ倒れていった。あわてて圭が支えてやらなかったら、ゴムの床に頭を打ちつけたに違いない。

のびてしまった全裸の有紀をそのままにして、今度は早苗を解放してやった。

乳首の責め具もとってやると、

「はーっ……」

こんなに痛く苦しかったお仕置きは初めてよ、と言いながら、圭のまだ果てていない欲望器官にむしゃぶりついてきた。奉仕しながらも彼女の真下の床には尿が断続的に飛び散る。

「うう」

また圭の膀胱がいっぱいになってきた。それを察した早苗は、口をペニスから離して言った。

「あの、一度、やって欲しいことがあるの」

「何だ」

「温泉浣腸……」

「温泉浣腸?……何だい、それは」

圭が初めて耳にする言葉だった。

「私のお尻からおしっこを注いで欲しいの。深く入れてからね……」

「ああ、アナル・セックスをしながら小便するのか」

「そうなの」

早苗は、養父の貞夫に数えきれないほどの回数、肛門を捧げたが、中学校一年生ぐらいの時、酔った貞夫が尿意を堪えきれず、挿入したまま放尿したことがあった。

その時の腸の奥に受けた不思議な感覚が忘れられない。それはイルリガートルを用いた高圧浣腸とはまた違った感覚だった。肛門を犯されながら体内に放尿されるという、二重の屈辱のせいかもしれない。後にSM雑誌を読んで、その行為が〝温泉浣腸〟と呼ばれていることを知った。この行為を好むマニアは案外に多い。

「とはいうものの、難しいな」

圭は自信がなかった。肛門深く犯すためには強烈な勃起が必要だ。それと尿意とは相反する。尿道には弁があって、尿と精液は同時に放出されないように出来ている。だから性交しながらの放尿というのは聞いたことがない。

「やってみるか」

「お願いするわ。キシロカイン・ゼリーはそこにあるから」

黒いストッキングだけの早苗をうつ伏せにして臀部を持ちあげさせ、脚の間に両膝をついた圭は、麻酔剤入りのゼリーを自分の亀頭にもたっぷり塗布した。鈍感になるわけだから射精は遅れ、放尿がしやすいだろう。

「いくぞ」

早苗とは初めての肛交だ。

彼女のアヌスは周囲にやや色素の沈着が濃いが、養父の貞夫と十一歳の時から楽しんでいたとは思えないほど、健全な形を保っていた。貞夫の指導のおかげに違いない。

怒張の先端をあてがい、グイと押し込んでゆく。

「うっ、はあっ……」

早苗は大きく息を吐いて緊張を緩めた。最初は跳ねかえすような抵抗があったが、リングが拡張されると、充血した亀頭はズブズブと、いとも簡単に埋没した。

肛門のリングを突破すると、内側は広い。膣と違って襞の存在が感じられない直腸壁は膣交とは違った快感を与えてくれる。

「さて」

深く侵略した体勢で尿意がつのるのを待つ。

「…………」

意識をとり戻した有紀が、興味シンシンという顔で近寄ってきた。早苗は年下の娘に要求した。

「有紀さん、私に飲ませて下さらない？」

「いいわ。たっぷり飲んで」

有紀はタイルの床に仰向けになって股を拡げた。秘孔はさっきの性交で赤く腫れたような粘膜をのぞかせていた。

「そっちが温泉浣腸なら、こっちは温泉噴水ね」

笑いながら指で秘唇を拡げ、ふっくら盛り上がった尿道口を見せつける。そうやってゴムの床に臀部を滑らせるようにして、うつ伏せの早苗の顔の前に自分の股倉を接近させてゆく。

「あー、またしたくなった。出るわよ」

言うなり有紀は透明な温水を噴き上げた。公園や駅のプラットホームなどにある、垂直に噴き出す水飲み用の蛇口と同じ小さな噴水だ。

その噴水に顔をあてがって早苗はゴクゴクと飲んだ。

「嬉しい、早苗さん。私のおしっこを飲んでくれて……」

「もっと飲ませて」

「いいわ、お好きなだけ」

シャーッとまた噴き上げる。

ひとしきり飲ませてから、今度は有紀が言った。

「私も飲ませてちょうだい」

「この姿勢で？」

早苗は後ろから深く貫かれて、緩やかなリズムで抽送を受けているのだ。

「大丈夫よ。私が潜るから。両手で持ち上げてくれる？」

「はい、こうね」

早苗は両手で上体を持ち上げた。有紀は彼女の体に直角になるよう、真横から仰向けになった体を早苗の腹部の下へと滑りこませた。

「わ、ここから見ると、すごい眺め。中尾さんのがアヌスに出たり入ったりするたび、肛門がめくれかえってるの」

「………」

早苗が頰を染めた。

「そうなの、凄く感じてるのよ」

「でしょうね。淫らな液がタラタラ落ちてるもの。どれどれ、あ、甘いわ……」

顔を仰向けにした有紀は、早苗の膣口から滴り落ちる愛液を舌に受けて味わっている。

「おしっこもちょうだいな」

「はい、出すわ」

ジョーッと放水する。まともに浴びた有紀は歓声をあげながら大きく口を開け、それを全部受け止めようとする。

圭の膀胱がまた圧迫されてきた。

「出来そうだぞ、温泉浣腸」

「お願いします」

「よし」

根元まで深く投入しておいて、筋肉を緩めた。

チョロチョロ。

やはり肛門括約筋で根元を締めつけられているから、最初から勢いよくは出ない。狭くなった尿道を痛みと共に尿がすり抜けてゆくと、やがて、
ジャーッ。

そういう感覚で大量の尿が迸り出た。

「ああっ、感じる。温かいの……いっぱい、入ってくるぅ……」

早苗が腰を揺すぶりたてながら叫んだ。

「早苗さん、おしっこを入れられてるのね。すごいわ」

上気した顔の有紀が、勃起しているクリトリスを舌でねぶる。

「あー、やめて、そんな……あっあっ、あああっ」

二度、三度とイッた。フッと肛門が緩んだのか、隙間からチョロチョロと温かい液が圭の下腹を濡らした。

膀胱を空にしてから圭は自分の快感を追求した。激しく腰を使い、睾丸をピタピタと早苗の会陰部に叩きつけてやった。

「おー、おう、オワーッ！」

牝獣は昇天した。ジョーッと大量の尿を洩らしながら。自分の尿で溢れかえった直腸深部に圭も勢いよく射精を遂げた。

引き抜くと、待っていたようにしゃぶりついてくる有紀。彼女の唾液でペニスを清めさせながら、床に伸びた早苗を見守っていると、やがて彼女の顔が歪みだした。

「ああー、苦しくなってきた」

何であれ、直腸に異物が入ってくると、その刺激が腸全体の蠕動をひき起こす。これが浣腸の原理だ。

「出せよ、おれたちの見ている前で、思いっきり」

「恥ずかしいけど、させていただくわ。有紀さんも見てね。早苗の恥ずかしいお洩らしの姿を」

全身を紅潮させて、早苗は二人に向けて臀部を突き出す四つん這いの姿勢をとった。

「うーっ、うーん……あうっ」

腹部が波打ち、太腿の筋肉がピクピクと痙攣している。

いそぎんちゃくの食餌孔のようなアヌスがヒクヒクと動き、チョロッと薄まった白い液が洩れてきた。尿と混じった圭の精液だ。

ピチッ。ピチョ、プシュッ。

可憐な音をたてる肛門から断続的に液体が洩れてきて、やがて、
バシューッ！

奔流が噴き出した。最初は透明な尿だったが、残留していた便が交じり、淡褐色になった液だ。

「ああー、ウンチが出てるう。みんなが来る前に浣腸して出しておいたのに」

早苗が狼狽した。彼女は液体だけの失禁をしようと準備していたのだ。

「いいじゃないの。きれいになるんだもの」

有紀が励ますと、顔を歪めて必死になって褐色の便を二本、三本とブリブリひり出す美人薬剤師だ。

圭はその光景に昂り、フェラチオしていた有紀を組み敷き、挑みかかった。

「嬉しい、中尾さん……ああ、すごい」

交悦の二人のところまで早苗の糞便は飛び散ったが、そんなことを気にする獣たちではなかった。


しばらくして三人は再び居間に戻っていた。

汚れた体はシャワーで、床はホースの水で綺麗に洗い清められた。全裸の三人はバスタオルを巻きつけただけの恰好だ。

「ふーっ」

早苗がコップに注いでくれたビールを飲みながら圭は大きく吐息をついた。

「ものすごいことをしたって感じだな。だけど気分はいい。何もかもサッパリ洗い流されたようだ」

「ふふっ、それはそうよ」

大きく頷く早苗。

「尿失禁、便失禁というのは、絶対にやっちゃいけないことだって、親から社会から躾けられたものでしょう？　だから、する時は便所で、下着はちゃんと脱いで、誰にも見られないように、自分の体にかからないように、出来るだけ清潔な形でするという掟《おきて》のようなものがしっかり刻みこまれているの。今日はそのタブーを全部破ったんですもの、自由で解放された気分を味わうのは当然よ」

「本当にそうですね。おしっこを飲んだり飲ませたり、人のウンチするところを眺めたりって、ふだんは絶対に出来ないことだもの。私なんかパンティを穿いたままおしっこ洩らすだけで、すごい疚《やま》しさと同時に、なんともいえない解放感も味わっているの。今夜は最高でした」

嬉しそうに言う有紀だ。

「しかし、ラシックスを飲んで出す尿というのが、あんなにサラサラと美味《うま》いものだとは思わなかった」

圭が言うと、早苗は説明してくれた。

「フロセミドはループ利尿剤というの。尿は腎臓に入る血液から作られたあと、もう一度水分だけが再吸収されて濃縮されるんだけど、フロセミドは〝ヘンレのループ上行脚《じょうこうきゃく》〟というう場所に作用して水分の再吸収を阻害するのよ。凝縮されない尿はたっぷりの水分を含んだまま膀胱へ送りこまれてしまうわけ。だから匂いも色もごく希薄で、ほとんどぬるま湯に近い感じね。飲尿プレイの初心者には、利尿剤を服んだあとのおしっこが抵抗なくていいと思うわ」

「でも、ちょっともの足りないですね」

はにかみながら有紀が言う。

「私も。濃い、匂いのきついおしっこに慣れてしまうとね……」

圭は二人の失禁マニアの会話に、感嘆するだけだった。

「だけど、こいつを常用して、副作用とか害はないのかい？」

「健康な人間が、時々、プレイのために使うだけなら心配する必要はないわ。あまり連用すると体液中の電解質のバランスが崩れるけれど、それだってスポーツドリンク一本飲めば改善されるぐらいのものだから」

「しかし、ずいぶん出たような気がする。体中の水が全部出てしまうような気がした」

「それはオーバーよ」

有能な薬剤師は笑った。

「あの四十ミリグラム錠剤で出る尿は、健康人なら、ほぼ一リットル。体全体の水分からすれば、ほんの何十分の一というところ。脱水症状を起こすほどじゃないから心配無用よ」

「ふーん、そんなものなのか……」

話をしているうちに、圭は頭がボーッとしてきた。早苗と有紀の顔に焦点が合わない。

(あれ、どうしたんだ？)

欠伸《あくび》が出た。強い眠気が襲ってきた。

「何だか、急に眠くなってきた……」

圭は呟き、テーブルにつっ伏して意識を失ってしまった。

# 第七章　女装癖

（う……ん、どうしたんだ？）

圭の意識は甦りつつあった。

頭に霞《かすみ》がかかったようで、最初のうちは自分がどこにいるのか、何をしていたのか、思い出せなかった。

（そうだ。松永早苗のマンションで、有紀と三人でお洩らしプレイをしたんだ）

居間でビールを呑んでいるうち、急に眠気を催したところまで思い出した。

（しかし、ここは？）

ようやく、我に返った。見回すと真紅の床、天井、壁……。

再び、あのプレイルームではないか。

しかも縛られている。全裸で。

（えっ!?）

驚愕した。

声も出ない。口の中に布を押し込められて、包帯で口をグルグル巻きにされている。

さっき早苗や有紀にやったのと同じことが、自分の体に加えられているのだ。

二本の柱の中間に仰臥させられて、股は大きく開かされて、足首が縄で柱に結わえつけられている。両方の手首は太腿にぴったりと押しつけられるように縄で縛りつけられている。

手も足も動かせない。声も出せない。

(今度は、おれが責められる番かよ……)

意識を失っている間に、早苗と有紀が自分をここに運びこみ、縛ったのだろう。一人では無理な作業だ。内心で自分のだらしなさに苦笑してしまった圭だ。いずれにしろ彼女たちの悪戯なのだ。恐れることはない。

(二人はどこにいる?)

圭は床につけていた頭を持ち上げた。真正面にハーフミラーがある。今はプレイルームの方が暗いから、明るい浴室の光景が見えている。

「む」

目に飛び込んできた光景に、圭は魅惑された。

鏡の向こう——豪華な浴室の中に早苗と有紀がいた。

タイルの洗い場に、ソープランドにあるようなエアーマットが拡げられて、その上で全裸の女二人が戯れている。

いや、よく見ると戯れではない。

仰向けになった有紀が、まるでおむつを替えてもらう赤ん坊のように自分の膝を抱えて股を拡げている。露呈された下腹部——女性の羞恥ゾーンに早苗が顔を近づけ、手をさしのべている。キラリと何かが光った。腋毛やムダ毛の処理のために女性が使う、軽便カミソリの刃だ。

（剃毛か!……）

この鏡は光線は透過させるが音声は遮断してしまう。二人は何か会話を交わしているのだが、その内容は分からない。ただ、早苗がしきりにからかうようなことを言い、有紀が羞《は》じらっているのは分かる。時々、両手で顔を覆ったりしている。

有紀のはもともと濃密な繁茂ではなかったが、それが綺麗に剃りとられて、まるで幼児のような具合になっている。もちろん秘裂から小陰唇の上部が少しハミ出ているが、それとて拗ねた唇のような感じで、愛らしい眺めだ。しかも同性の目と指で嬲られるのだから昂奮していて、白い液を涎のように会陰部へと溢れさせている。圭はうっとりとして眺めていた。

すっかり剃毛を終えた早苗が、シャワーの湯をかけてシェービング・フォームの残りを洗い流すと、秘丘はツルツルと照り輝いて、それがまたなんとも言えず魅惑的だ。

今度は早苗がエアーマットに仰臥し、大きく股を開いた。

位置を替えて軽便カミソリを手にした有紀が蹲《うずくま》る。早苗はすでに剃毛しているのだが、少し生えてきたのをまた剃ってもらうのだ。こちらはほとんど時間はかからない。早苗の秘唇からも愛液がこぼれ落ち、クリトリスが残雪の下から伸びてきた蕗《ふき》の薹《とう》のように勃起してきた。

有紀が嬉しそうにそれに触れると、早苗がのけぞる。

剃毛の儀式はいつの間にか女二人のレズビアンプレイに移行していった。抱擁し、接吻し、乳房や腹部に唇を這わせ、秘部を玩ぶ。さらには互いの拡げた股に自分の股を押しつけて、相手の内腿に自分の秘唇をすりつける。その間、時々、チョロチョロ、シャーッと尿を洩らして、ある時はそれを掌《てのひら》に受けて飲んだりして楽しんでいる。

最後はシックスナインの形になって相手の尿と愛液を啜ったり舐めたりしだした。

(なんて淫らなんだ！　だけど、美しい……)

二十五歳と十九歳の女が繰り広げる淫猥な戯れに魅《み》せられ昂る圭。彼の男性器官は当然、ギンギンに勃起して、包皮は自然に翻展して亀頭が完全に露呈された。尿道口からは透明なカウパー腺液がトロトロと溢れて亀頭全体を濡らし、輝く糸をひいて滴り落ちていく。

鏡の向こうでは、まず有紀が絶頂し、続いて早苗も達した。抱き合ったまましばらくハアハアいっていたが、濃厚な接吻を交わしてから鏡の圭の方を向いて何か言い交わして笑った。

二人の女は立ち上がり、シャワーで体を清めてから鏡の壁を開けて入ってきた。

「あらあら、昂奮させちゃったみたいね。見て、圭くんの、こんなに勃ってる」

「すごーい」

圭は赤くなった。股間を露出した姿勢で女たちに見られるのは、やはり屈辱だ。

「ビールにハルシオンを半錠混ぜておいたの。効いたわね」

美人薬剤師はそう言って、有紀に向かって言った。

「ねぇ、圭くんのここも剃ってあげたら？」

「そうね。いいアイデアだわ」

有紀はシェービング・フォームと軽便カミソリ、それに湯の入った洗面器を持って戻ってきた。

「やめろ、おい。剃るなよ」

圭の言葉は猿ぐつわによってみじめな唸り声にしかならない。

「そうだわ、どうせならコスチューム・プレイにしようよ」

早苗は戸棚を開けて、看護師の白衣を取り出してきた。

有紀は白いブラジャー、パンティ、それに白いガーターストッキングを穿いた。足にも白いゴム底のナースシューズ。その上から立ち襟、半袖の白衣を纏《まと》う。制帽もピンで髪に留めると、どこから見ても可憐なナースの誕生である。

「はい、看護師さんが剃ってあげますからねぇ、おとなしくしててください」

その姿で圭の下腹に剃刀を当て、陰毛をジョリジョリと剃ってゆく。こうなったら動けない。圭はジッと堪えるしかない。

その間に早苗もコスチュームを身につけていた。

黒いブラジャーとTバックショーツ、それに赤いガーターベルトで吊った網ストッキング。足にはピンヒールの黒エナメルのパンプス。その上から女医の白衣を纏う。

「まあ、ツルンツルンでかわいいこと」

睾丸から肛門にいたるまで剃刀を当てられた圭の下腹は完全にツルツルにされてしまった。もともと毛は多いほうではないから、有紀の作業もラクなものだった。

「ついでに、こっちも剃ってあげる」

太腿、脛《すね》の毛も綺麗に剃り取られた。

「順序が逆だけど、お顔もやってあげて」

早苗が顔の下半分にグルグル巻きつけていた包帯をとって言う。しかし口の中いっぱいに詰められた布は取り出さない。

「どう、私の匂い？　それ昨日穿いててまだ洗ってない私のパンティなのよ」

早苗が愉快そうに言う。有紀は手早く圭の顔に剃刀をあてた。髭は濃いほうではなくて三日に一度剃ればいいぐらいだから、いとも簡単に剃り終えた。

「さて、じゃあ、圭くんの告白を聞きましょうよ。私も有紀さんも自分たちのことを打ち明けたんだから、圭くんにもしゃべってもらわないとね」

そう言って、圭の口の中に押しこんでいた自分のパンティを抜きとった。

「しゃべるって、何を？」

ようやく口をきけるようになった圭は聞き返した。

「もちろん、きみのセックスの秘密。きみの趣味。ちょっと変わった趣味を持っているんじゃないの？」

彼女はさっきまで圭が穿いていたシルクの下着をつまんでヒラヒラと振ってみせた。一度は彼女の口の中に押し込まれたものだ。まだ唾液で濡れている。

「これ、ブリーフだと思ってたけど、よく見ると違うわね。今は男性もかなりきわどいビキニやTバックのブリーフを穿くけど、これは男ものじゃないわ。女性のパンティイじゃないの？」

「そうだよ」

圭は少し赤くなった。この聡明な異性は、観察力が鋭い。すでに圭の嗜癖は完全に見抜かれた。

「下着だけじゃないんでしょう？　洋服もそうじゃないの？　つまり女装の趣味があるんじゃない？」

（やっぱりバレたか……）

黙っていると、早苗が自分の無毛の秘唇を顔の前に突き出すようにした。

「喉が渇いているんじゃない？　白状したら私のおいしいおしっこを飲ませてあげる」

確かに、口に押しこまれていたパンティが彼の唾液を吸い取って、口の中も喉もカラカラだ。さっき飲んだ、ラシックス服用後の早苗の尿の美味さを思い出した。

「飲ませてほしいな」

「だったら、言いなさい。女装の趣味があるんでしょう？」

素直に圭は認めることにした。

「うん」

頷いた圭を見て、有紀はポカンと口を開け、マジマジと彼の顔を眺めた。

「女装？……オカマってこと？　中尾さんが？」

早苗は有紀を向いて笑いながら言った。

「バカね。女装って言ったって、みんながみんなオカマってわけじゃないのよ。セックスは女性としかしないのに、それでも女装する人って多いのよ。圭くんはちゃんと私たちとセックスしたんだから、その点では正常よね」

圭は質問してみた。

「女性用のシルクのパンティを穿いてたから分かったのかい？」

「その前から噂を聞いてたから。病院ってところは、どんな秘密も隠せないものよ」

「そうなのか……」

誰も知らないはずだとは思ったが、早苗の耳にまで届いていたとは思わなかった。やはり少しショックだった。

「心配しないで。私はあなたが前に勤めていたハイメディックスのセールスエンジニアから小耳に挟んだだけで、私からは誰にも言ってないわ」

「うーむ……」

「ねぇ、どういうことなの？」

ナース姿の有紀は興味しんしんという顔つきになった。

「仕方ない。話すよ」

圭は腹をくくった。

——圭は三年前、二流私大の理学部を卒業すると、ハイメディックス・ジャパンという外資系医療機器販売会社に就職した。いまの病院の理事長というのが圭の母親の伯父で、その縁故で採用してもらったのだ。

彼が配属されたのは臨床機器事業部の東海支店。血液や尿の分析装置を医療機関に売り込むのが仕事だった。

そこで出会ったのが西村春美だった。年齢は三十八歳。静岡県でも有数の総合病院に勤務する内科医だった。夫がいて、同じ病院の内科部長だった。

この病院にセールスに行って内科部長と話をしていた時、たまたまやってきた春美が、後で声をかけてきた。内科部長というのは検査機器の購入の決定権を握っていたから、その妻とあればおろそかな対応は出来ない。

誘われるまま、彼女の仕事が終わった後で、とあるドライブインに連れてゆかれた。車はベンツ三〇〇Eだった。

最初は、春美は単なる浮気の相手を求めているのだと思った。

(まあ、少しおばさんだけど、ブスじゃないし、いいか)

そう考えた。白衣を脱いだ春美は、実際はなかなか魅力的な女性だった。

「頼みがあるの。私とセックスして欲しいの」

ズバリと切り出してきた。

「はあ……でも、どうしてぼくが？」

一応聞いてみた。春美はあか抜けして、熟女の魅力がたっぷりある。しかも女医で金回りはいい。自分より逞しくハンサムな男はいくらでも探せそうな気がする。

春美は即答しなかった。

「それは、まずベッドを共にしてから話すわ。テストに合格したらね」

郊外のモーテルで春美を抱いた。二人の子供がいるわりには引き締まった肉体で、圭は熟女の甘い肉を堪能して二度、膣交で射精した。

しかし春美の方はオルガスムスに達しなかった。

圭は焦った。

「いいのよ、そんなに恐縮しなくても。私、ふつうのセックスじゃ感じないんだから」

そう言ってから、春美は本題を切りだした。

「私があなたに目をつけたのは、県外の人だから噂にならないということもあるけど、ルックスと体格なのよ。テストは合格」

「そんな……」

圭は自分がハンサムであるとも逞しいとも思っていない。精力だけは自信があるが、ペニスだってふつうのサイズだ。

「そこなの。あなたは体つきがほっそりして筋肉ゴツゴツじゃない。色も白いし、肌もきれいよね。髭も毛も薄いほうだし。顔は、特に個性的な部分がなく、こぢんまりと纏まっている」

圭は苦笑した。

「言ってくれますねぇ。だからどうなんです？」

「女装向きなのよ。だから女装してみてくれない？」

「ゲーッ」

圭は目を剝いた。この女医は冗談を言ってるのだと思った。

「冗談ではないの。真剣なの。ずっと女装したら美女になる青年を求めてたのよ」

「女装の美人なら、いくらでもいると思うけど……」

「ふつうのオカマじゃまずいのよ。ホモじゃなくて、女性だけと寝たいと思う男性という条件がつくの」

「どうして、そんな人間を探すんですか」

圭は興味を抱いて聞いてみた。春美はその理由を教えてくれた。

「私ね、夫と結婚して五年ぐらい、ずっとセックスで満足してなかったのよ。不感症というやつ。欲望はあるんだけど、イカないの。夫とする時はイクふりしてたんだけど、どうもダメなのよ。ところがある時、レイプされちゃったの」

「レイプで感じたんですか」

「そうなんだけど、それが……ふつうのレイプじゃないの」

「どういうレイプ？」

「女装した強姦魔に犯《や》られたの」

「えっ」

圭は絶句してしまった。女装の強姦魔なんて初めて聞く。

「そこが向こうの目のつけ所なのね。誰だって油断するもの」

東京都内のホテルで学会があった。彼女は泊まりがけで出席した。

最終日のパーティが済み、美しく装った女医は部屋に戻った。

エレベーターに乗ろうとした時、背の高い、ハッとするような美人がスッと乗りこんできた。降りたのは春美と同じ階。廊下を歩く彼女の少し後ろをついてきた。

同性だから、彼女は何の注意も払わなかった。自分の部屋の近くに彼女も泊まっているのだろうと思ったからだ。

自分の部屋のドアの鍵を開けたとたん、いきなり後ろから突き飛ばされた。

「キャッ」

ドアの内側に倒れこんだ春美の上に女が馬乗りになった。ドアは背後で閉まり、自動的にロックされてしまう。

「騒ぐと顔を切るよ。おとなしくしな」

かすれた声で囁《ささや》きながら、バッグから取り出した鋭利なナイフを鼻先に突きつけた。

最初、春美は女性の強盗だと思った。声は太かったが、どう見ても外見は女だ。水商売の女性風にハデな化粧の美人である。

「お金ならあげるから、乱暴しないで」

そう哀願すると、相手はふふふと笑った。

「金もほしいが乱暴もしたいんだな」

その時、初めて女装した男だと気がついた。

なかなかの女装テクニックだった。黒いロングヘアー、メーキャップもバッチリ、体格も容貌もドレスの着こなしも文句のつけようがない。最大の弱点である喉ぼとけはスカーフを巻いて隠している。

悲鳴をあげようとしたが、口の中に布きれを突っこまれた。再びナイフが頬に突きつけられた。

「暴れると、本当にザックリだよ。喉をかき切られたいか？」

凄い目つきで脅かされると恐怖で尿を洩らし、抵抗する気力が失せた。

「手を後ろに回せ」

手錠をかけられて、ベッドの上に横倒しにさせられてしまった。

強姦魔の動きは素早かった。どうやら何度も犯行を重ねているらしい。

バッグの中から粘着テープをとりだし、口にペタリと貼る。すばやくスカートとペティコートを脱がす。パンティとパンティストッキングは一緒に足首まで引き下ろされた。これは即席の足枷《あしかせ》になる。足先の自由が奪われ、蹴ることも逃げることも出来ない。

シャネルスーツのジャケット、ブラウスの前がはだけられ、キャミソール兼用のブラジャーの前がナイフで引き裂かれた。濃い薔薇色の乳首をもつ豊かな乳房がこぼれた。

「いい思いをさせてやるからな」

強姦魔の手と指が縛られた春美の乳房や秘部をまさぐり、思うぞんぶんに玩弄した。泣き悶えながら、春美はこれまでになく濡れた。

「このところ、セックスしてないのか。顔は泣いてても体は喜んでるぜ」

ズバリと言いあてた強姦魔は自分のスカートをたくしあげた。

下はスリップもペティコートも着けていなくて、ガーターベルトで吊ったストッキングを穿いていた。下腹部を包むパンティの前はもっこりと盛り上がって、その部分は逞しい牡であることを誇示している。パンティはレオタードや水着の下に着ける、弾力性のある合成繊維で作られたTバックのショーツで、これだと伸縮性が高いから男性の器官全体をすっぽり包んでふくらみを隠すことが出来る。

「さあ、こいつをぶちこんでやる。どんな女もひいひい泣いてよがる」

そのアンダーショーツを脱ぐと、隆々と怒張した器官がブルンとバネのように揺れながら飛び出した。先端は包皮が翻展して欲情のしるしでテラテラと濡れている。

（ああ……）

春美は戦慄《せんりつ》した。決して恐怖ゆえの戦慄ではなかった。どこから見ても凄艶《せいえん》な美女が、逞しい男性の器官を誇示している。それは一種、超現実的なエロティシズムだった。

強姦魔は二度、彼女を犯した。

「その二度目の時なのよ、凄いオルガスムスを感じたのは。私、うつ伏せにされて後ろから貫かれたのね。そうやってぐいぐいピストン運動をされてるうち、凄い快感が湧き上がってきて、何が何だか分からなくなってしまったの」

気がついてみたら、シーツは彼女のこぼした尿でビショビショだった。

三十代半ばをすぎて、春美は生まれて初めて、凄絶なオルガスムスを味わったのだ。噴射したのは、どうやらGスポットの射精液らしい。

「たぶん、レイプだけじゃ、あんなに昂奮しなかったと思う。相手が女装してたから、よけいショックで、そんな奴に辱められることで二重に昂奮したのね」

レイプされた被害者は、ほとんど泣き寝入りする。春美も沈黙した。彼女の場合は恥をさらすことを恐れるというより、犯人を憎む気持ちがまったくなかったからだ。

それ以来、同じ快感を求めてきたが、相手が見つからない。女装して女とセックスしたい女装者はいることはいるが、どうもM性が強くて、レイプのような荒っぽいことは苦手というのが多いのだ。

「そうやって探しているところにあなたが来たの。体型や容貌はいいけど案外ホモかもしれないから、とにかくセックスしてみたの。見かけによらずタフだしセックスもなかなかのものだわ。これで女装してくれたら百点満点ね」

「それはどうも……」

圭は頭をかいた。

「私の望むとおりにしてくれたら、夫に言って、あなたの会社の装置を買うように言いくるめてあげる」

「うーん……」

まだ駆け出しのセールスマンの耳には、その言葉は甘く響いた。彼が売りこもうとしている検査機器は一式で五千万円をこすのだ。

結局、圭は春美の要求を受けいれた。

翌週、圭は呼びだされ、同じモーテルで春美と密会した。

彼女は女装のために必要なものすべてを持参してきていた。

犯された時に強姦魔が着ていたような黒っぽいツーピースのドレス。下着は黒のミニスリップにパッドの入ったブラジャー、ガーターベルト、ストッキング。それにスパンデックスという伸縮性のある素材を使った、ガードル機能をもたせたパンティ。ランジェリーも全部黒だった。その他には化粧品一式とウィッグ。やはり強姦魔と同じ、ソバージュをかけたロングヘアー。サイズ二十五半のハイヒールも。

女医はまず圭を浴室に連れてゆき、髭をはじめ全身の毛を丁寧に剃りあげた。

次に顔に念入りに化粧をほどこした。カツラを着け、黒いランジェリー、ドレスを身につけると、鏡の中にあでやかな美女が誕生した。

圭は呆然としてしまった。

「これがおれ?……信じられない」

「私だって信じられないわ」

春美は早くも昂奮していた。

「さあ、私をレイプして」

スリップ一枚の春美を荒々しく玩弄して性器を充分に濡らしてやった。

シーツにうつ伏せにして尻をあげさせ、乱暴な言葉を吐きつつ後ろから貫いてやると、春美は激しく乱れ、よがり声をはりあげ、最後には尿道から透明な液をジョーッと洩らしながらイッた。

「やっぱりイッたわ。これが私の二度目のオルガスムス。あなたは私の恩人だわ」

春美は夢中になった。その時は二回、彼女をイカせてやった。縛ったり叩いたりすると春美はよけい昂奮し、イキやすくなることに圭は気がついた。春美はマゾの気質があったのだ。

それからというもの、密会のたびにそのモーテルで女装し、春美を緊縛した上でレイプしてやるのが習慣になった。

三十代半ばを過ぎた女医は貪欲だった。

夫の方は看護師の愛人に夢中で、妻をかえりみなくなっていたから、彼女は仕事のあと圭を自分の車に乗せ、おおっぴらにモーテルに連れていっては肉の快楽を貪《むさぼ》った。

彼にいろいろなＳＭ雑誌やＳＭプレイのビデオを見せ、女の辱め方を研究させた。もちろん自分も、さまざまなアイデアをだして圭に要求する。

それまではＳＭに興味のなかった圭だが、悶え苦しむ女体を相手にしているうちに、だんだんサディストの血が滾るようになってきた。春美によって真のサディストに仕立てあげられたといってもいい。

「そうか。それで、この前縛ってもらった時、最初から私が何も言わなくても後ろ手にキチッと縛ってくれたのね。私、えっ？　と思っちゃったけど……」

有紀が思い出して言った。

「うむ、あれぐらいは朝飯前さ。春美って女、逆さ吊り、鞭、水責め、蠟燭《ろうそく》責め、なんでもおれにさせたからなぁ。もちろん浣腸からアナル責めにいたるまで……道具も衣装もみんな自分で用意してくれた」

「それで女装は？　圭くんは楽しんでいたの？　それともイヤイヤやってたの？」

早苗に問われて、圭は苦笑した。

「うーん、最初はイヤだったけどね、女装させられた自分を鏡で見て、呆然としちゃってさ。自分でも本当は女だったのが、間違って男になったんじゃないかって気がしたくらいさ。それでいてペニスはギンギンに勃起しているわけだから、不思議な生き物って感じで、春美が昂奮するのも無理はないと思った」

それに、圭がふつうの男に戻ってセックスすると、てきめん、春美は感じなくなる。圭としては女装強姦魔に扮したほうが、春美を喜ばせることが出来る。

「結局、春美という人と別れたわけでしょ？　どうして？」

「その理由、きみに噂を教えてくれたハイメディックスのやつ、言ってなかった？」

「彼もあんまり詳しく事情を知らないみたい。あなたの女装癖がバレて会社にいられなくなったって言ってただけ」

「まぁ、そういうことなんだが……」

春美の裏工作のおかげで、圭は首尾よく自社の血液検査機器を病院に売り込むことに成功した。その祝いということで密会し、数時間、いつものように女装強姦魔プレイを楽しんだ後、二人はモーテルを出た。

市内の、圭の車が置いてある場所に戻ろうとしてモーテルを出たとたん、春美は運転を誤ってトラックと接触、そのはずみでベンツはガードレールに激突し、横転した。

二人とも気絶して救急車で病院に運ばれた。それも春美の勤務している病院に。

「まずいことに、おれ、その頃は自分の女装に自信がついて、外を平気で歩けるぐらいになっていたんだ。その時もアパートに帰る時まで女装でいてもいいと思ったから、外見はまったく女だったわけさ」

二人の意識不明の急患を受けいれた病院は仰天した。春美と一緒にいた若い女性は、なんと美しく女装した男性だったのだから。しかも二人の様子からして、モーテルで密会を楽しんできた直後ということは明らかだ。

「そりゃ運が悪かったわねぇ」

早苗は吐息をついた。

「結局、おれたちの関係はすっかりバレて、春美は亭主から離婚されちまった。病院も移らざるをえなくなったし……おれもお得意さまの内科部長のカミさんを寝とって変態的なことをやってたってわけで、即座にクビさ」

「なるほど。それでまた、理事長の縁故で今の病院に就職することになったわけね」

早苗は頷くと、彼の顔の上に跨がって無毛の秘唇を指で拡げた。

「正直に白状したご褒美よ。たっぷり飲んで」

透明な温水をシャーッと放水した。口をアングリと開けて圭はそれを受け、ゴクゴクと渇ききった喉へと流しこんだ。

放水の後の滴をきれいに舐めさせられた。こうやって自由を奪われ、女にいいように扱われるのは初めてだが、その屈辱的な行為を楽しんでいる自分にも気がついた。

（へぇ、おれって案外、マゾヒストの気もあったのか）

圭は意外だった。初めて女装させられた時の昂奮にも似ている。早苗が質問を続けた。

「今も女装を楽しんでいるの？」

「いや。下着だけだよ。理事長やってる母の伯父にどやされてね、今後は、そういうことはしないって誓わされたのさ」

「だって、そういう欲望って、誓わされたって抑えきれないと思うけど」

「そりゃそうだけど、事務員の安月給じゃ女装に必要なものを買えないからね。下着ぐらいなら何とかなるけど……それに、春美のように女装の男性に抱かれたい女性って、なかなかいない。ぼくは男性に抱かれたいという趣味はないし」

「フーン……」

「ただ、女性のパンティやショーツ、ガードルっていうのは、着けた時の感触がセクシィだから、それを楽しんでいる」

「だったら、ここで女装プレイをしてみたら？　私たち相手なら安心でしょ？」

「え、きみは興味あるの？　女装した男性なんかに」

「今まではなかったけど、話を聞いたら興味が湧いてきたのよ。有紀さんはどう？」

有紀はこっくり頷いた。

「私も。中尾さんの女装した姿を見てみたいわ」

美人薬剤師が勝ち誇ったような顔で宣言した。

「それじゃあ、圭くん女性化作戦の実行とゆこうか。まずは全身をきれいにしましょ」

# 第八章　処方箋

医薬品の抽斗の中から透明なプラスティック容器に入った五十ccグリセリン溶液のディスポーザブル浣腸器をとりだした。嘴管《しかん》の先端を切り落としてピュッと液を噴かせてから仰向けに縛られたままの圭の股間に近づいた。

「おい、よせよ」

圭は狼狽して叫んだ。その口に再びパンティがねじこまれた。

「暴れると、よけいに痛いわよ。看護師さん、これでお浣腸してあげて」

「はい」

清純なナース姿の有紀は、いそいそと圭の肛門にワセリンを塗りたくった。

「む」

嘴管をねじこまれた時、圭の全身に鳥肌が浮いた。ジュルジュルとグリセリン溶液が直腸の奥へと注入されてゆく。

「我慢するのよ。お腹《なか》の中のもの、全部出すんだから」

「くーっ……」

嘴管が引き抜かれるとすぐ、腸が蠕動を開始した。ゴボゴボ、グルグルと音をたてて便が肛門へと押し寄せてくる。

(ここでやれというのか。早苗のやつ、ひどいことを……)

さっきは自分が温泉浣腸して排泄させたのに、圭は恨めしい気持ちになった。しかしここはどんなに汚しても、ホースの水でアッという間に洗い流せる。部屋全体が便器みたいなものだ。

(ええい、情けないが……)

限界に達して圭は排便した。

「やっぱり男ねぇ、太くて逞しいウンチだわ。もりもり、もりもり。うーん、ダイナミック……」

早苗が笑いながら排泄のさまを表現する。有紀の表情にも嫌悪の色がない。母親が赤ん坊の排泄を見守るような慈愛の表情だ。

ノズルのついたホースが持ち出されて、ドバーッと水を浴びせられ、汚物はたちまち洗い流された。換気も良好なので匂いがこもることはない。

「一度ですむと思ったら間違いよ」

ホースのノズルの先を、早苗が近づけた。

「高圧浣腸の一種ね」

肛門から水圧のかかった温水がグイグイと注入された。

「どれだけ入ったか分からないから、ちょっと危険なんだけど……」

そう言って圭に恐怖心を与える。

（こいつ、サディスティンでもあるのか）

圭は感心してしまった。男も女も、サドもマゾもＯＫという、奔放で淫乱な資質の持ち主なのだ。

腹部がパンパンに膨れてきたところで注入をやめる。一分も我慢できずに、圭は夥《おびただ》しい量の液体を噴出させた。固形物はほとんどない。

もう一度、ノズルから注入されると、排出される液はほとんど透明になった。そのかわり圭はへトへトだ。口の水のパンティを噛み締めながらただ唸るだけだ。

「さあ、これできれいになったわ。圭くんの膣の中は……そうだ、女になった時の圭くんは、圭子と呼ぼうよ。さあ、圭子さん、こっちに来てお化粧しましょう」

縄をほどかれ、裸身にバスタオルを巻いただけの姿で、圭は早苗の寝室に導かれた。ダブルサイズのベッドがなまめかしい。

三面鏡のある化粧台に向かって座らされ、早苗に化粧されるがままになった。その傍《そば》で見守る有紀。

まずナチュラルカラーのファンデーションを塗られる。

「髭が薄いからカバーファンデーションは必要ないわね。女が羨ましいぐらいのすべすべした肌だもの」と賞賛しながら、早苗は指を動かした。

それが終わってから、目の周囲にシャドーをいれ、アイラインでくっきりと輪郭を縁取る。

「女の化粧は目が命よ。ここが決まればもう九十パーセントは出来たみたいなもの」

「つけまつげは必要ないわね。充分長いし、水遊びしてると取れちゃうから」

オレンジ系のチーク――頬紅をさし、ピンク系の強いルージュを唇に塗られる。

「うーん、化粧しててヘンな気持ちになってくるわね。確かに圭くんは女装向きだもの。その女医さんの言うとおりだわ」

最後はヘアーだ。圭の髪は短かすぎる。早苗は戸棚にしまってあったヘアーウィッグを持ち出してきた。

「一度、髪を短かくした時に、長いのに憧れて買ったのよ」

肩よりさらに長い、ストレートのロングボブ。前髪は額のところまで下げてある。これだと男らしさを隠すのにちょうどいい。地毛に数カ所をピンで留めるだけで、かつらはぴったりとフィットした。

「信じられなーい」

有紀がうっとりした顔で賞賛の声をあげた。鏡の中には、魅惑的な美女がコケティッシュな笑みを浮かべて映っている。圭自身、驚いている。

「うーん……」

早苗のメイクの腕は春美よりも上なのか、あの時よりもっと美人になったようだ。

「では圭子さん、下着を着けましょうね」

大きな姿見の前に連れてゆかれた。いっぱい下着が入っている抽斗から、早苗がまず、小さな白い布きれをとりだした。

「これ、レオタードアンダー。圭子さんのクリトリスを目立たなくしてくれると思うわ」

穿いてみると強い弾力性のある合成繊維がキュッと股間を包み、思わずウッと呻きたくなる。形はほとんどストリッパーのバタフライに近く、後ろと横は紐のように細い。

「よく伸びるから、クリトリスを使う時はちょっと横に引っ張ればオーケイよ」

早苗が次に取り出したのは、赤いシルクサテンのランジェリーだった。

「ウエストはやっぱりギュッと絞ったほうがフェミニンよね。だったらこれ、コルセット的な機能もあるからいいと思う」

ブラジャーとコルセット、ガーターベルトが一緒になったものだ。

ブラジャーのカップ回り、裾回り、サスペンダー部分には黒いレースがあしらわれて、セクシィさを強調している。

「問題は、入るかだわね」

後ろを紐で締めつけるようになっている。一番緩めたのを圭が身につけると、胸の下のあたりが緊いが何とか入った。

「じゃあ締めつけるわよ」

早苗と有紀が共同してコルセット部分の紐をギューギューと締める。ウエストがくびれてゆき、ヒップがふくらむ。圭は苦しさを忘れて女らしい体型になってゆく自分の姿をうっとり眺めた。

「ますます素敵ね」

早苗は満足そうな顔だ。

黒いストッキングを穿き、赤いハイヒールを履く。

「これ、お洩らしプレイ専用の、濡らしてもいいやつ。二十五センチだけど」

きつかったが、バックストラップを緩めると何とか圭の足にすべりこんだ。

「今度、二十五半の買っておくわ。今までプレイした子、そこまで大きくなかったから」

早苗はこの部屋で、看護師の中から目をつけたレズメイトと何度となく、淫猥な遊戯に耽ったに違いない。

ブラジャーのフルカップの中には古いパンティストッキングを丸めたものを詰めると、胸はふっくらと盛り上がる。

「これで完成だけど、レオタードショーツだけじゃお洩らしプレイが満喫できないわね。お尻とかにビッチョリ濡れた布が貼りつくのが醍醐味なんだから」

赤いナイロンの、レースをたっぷり使ったショーツを穿かされた。前の方はきわどいV形だが、後ろの方はヒップのふくらみを包みこむようになっている。

「はい、圭子さんの用意は出来たわ」

三人は並んで鏡に映った。早苗と有紀はわざと白衣の前をはだけた。

濃艶な早苗は黒いブラ、ショーツ、ガーターベルト、ストッキングといった黒ずくめ。可憐な有紀は白いブラ、パンティ、白いガーターストッキングと白一色。そして圭は赤いランジェリーに黒いストッキング。

「黒と赤と白、三色コーディネートされて素敵じゃない？」

早苗は嬉しそうに言い、三人はプレイルームへと戻った。

またラシックスの錠剤が持ち出され、互いの唾液で嚥下する。

「少し電解質を補給しておいたほうがいいかな」

用意してあるスポーツドリンクのペットボトルを回し飲みする。

「さて、今度のヒロインは圭子さんよ」

圭は柱の一つに、後ろ手の立ち縛りにされた。

口にはガーゼが詰められて、包帯で猿ぐつわをされる。

ハーフミラーは向こうを暗くしてある。そこに緊縛され猿ぐつわをされた自分の女装姿が映っている。圭はしみじみ思った。

(これがぼく?……誰が見たって女の子だ)

もし圭が今の自分を見たら、サディストの血が滾ったに違いない。

縛られたのは今日が初めてだが、それがまたゾクゾクするような昂奮を呼び起こす。彼の男のシンボルは股間でいきり立っているが、レオタードショーツが緊く押さえつけているので、ショーツの前の部分は小高い秘丘としか見えない。

(ぼくの中にはマゾヒストが棲《す》んでいたんだ。失禁を強制されているのにこんなに昂奮して……)

圭は鏡の中で尿意を堪え、丸いヒップを揺すって苦悶し始めた自分の姿をうっとり見つめていた。

　やがて堰が切れた。ペニスから放出された尿はレオタードショーツの横から溢れてスキャンティの前面をびっしょり濡らし、太腿を伝ってストッキング、ハイヒールを濡らして床に水溜まりを作った。

「ふふ、どう？　パンティを穿いたままでお洩らしする気分は？」

　白衣をはだけた早苗が彼の左の腿に自分の股間をすりつけて気分を出してから放尿した。温かい液が左脚全体を濡らす。

「私も汚させていただくわ」

　有紀が右の腿へ股間を押しつけて放尿した。床には三人の放出した尿がちょっとした池になる。

　圭はその池の中に仰向けに横たえられた。両手は頭の上で縛られた形だ。猿ぐつわをとられた。

　ラシックスの効果が出てきて、尿意は数分おきに襲ってくる。

「圭子さんに私のおしっこをさし上げるわ。たんとお飲みなさいな」

　トロリと溶けた瞳の早苗が白衣を脱ぎ、黒いショーツを引き下ろし無毛の秘部を露呈しながら圭の胸の上に跨がり、仁王立ちになって放水した。圭の顔はもちろん、赤いランジェリーがぐっしょり濡れて肌にまとわりつく。圭は大きく口を開けて出来るだけの量を飲みこんだ。

「私のも飲んでね。圭子さん」

有紀も看護師の制服を脱ぎ捨て、制帽は頭につけたままで同じように放水した。

圭は呻いた。彼の勃起はすさまじいほどで、レオタードショーツが緊くてならない。

「女なんだから、膣の使い方を教えてあげましょうね」

早苗が抽斗の一つから奇怪なものを持ち出してきた。肌色のプラスティック製張型だ。革の細いベルトが三本付いていて、早苗はそれで巨大な人工ペニスを自分の股間に装着した。よく見ると睾丸のふくらみの部分まであって、そこが会陰部に密着するようになっている。先端には尿道口まで開いている。

「分かる？　お洩らしプレイ用の特製ディルドオよ。おしっこはこの睾丸の袋のところに溜まるの。ここを押すと、ホラ」

先端から透明な液が噴き出した。つまりこれを着けると、女性が男性のように放尿できるのだ。

「分かるわね、圭子さんはこれで犯されるわけ。温泉浣腸をしてあげるわ」

有紀が圭の両足を、赤ん坊がおむつをされる時の姿勢のように折り曲げた。腰の下には小さめのエアーマットがあてがわれ、アヌスが完全に露出される。

「ふふ、こんな可愛い女の子を犯せるなんて、幸せだわ」

キシロカイン・ゼリーを塗布してから、早苗はのしかかってきた。

「あうっ……」

圭は呻いた。苦痛が走ったが一瞬だった。ズンという圧迫感が直腸深部に伝わる。

アヌスを犯される初めての感覚に、圭はマゾ的な陶酔を覚えた。激しく勃起しているのが分かる。

「呆気ないわね。すっぽりと入っちゃった。さっきの浣腸で緩くなってたのね」

そう言いながら早苗はうっと力む。背後に回った有紀が睾丸の部分のプラスティックの膨らみを押す。温かい液が圭の体内に流れこんでいった。

「どう？　私の温泉浣腸……」

早苗の笑みは慈母のようだ。圭は頷いた。

「最高よ」

いつの間にか女言葉になっていた。

「ああ……」

直腸に太い物体が入ってきて膀胱が圧迫されたせいか、また放尿が始まり、腰のあたりが熱い液体で濡れてゆく。

「ああン、私、欲求不満よ」

早苗の背後で体をぴったりと年上の女に押しつけるようにして抱きついた有紀が、早苗の乳房を揉みながらショーツの後ろの部分にジョーッと放水した。

「圭ちゃん、四つんばいになって。有紀さんと交替するわ」

言われたとおりにした圭の背後に、有紀がディルドオを譲り受けて装着し、膝をついた。

「圭子さん。犯させていただくわね」

笑みを浮かべながら腰を進めてきた。

「あう」

圭は呻き、のけぞった。またジョーと洩らし、ショーツと肌の隙間から滝のように熱い液体を滴らせる。

「私も温泉浣腸、してあげるわね」

有紀の体内から噴き出た熱い尿が圭の腸へと勢いよく何度も注ぎこまれた。

「ああー、苦しい」

蠕動を始めてグルルル、グルル、と腹部が音をたてる。

「もう少しの我慢よ。私たちも浣腸するから」

有紀の背後に立った早苗がディスポーザブルの浣腸器の嘴管を、ディルドオの革紐をずらせて露出させたアヌスに突きたてる。

「あっ、うっ、早苗さん、ひどいわ」

顔をしかめる有紀。

「だったら私にもして」

ショーツをひきおろしてむっちりした臀部の谷間を自分の手で割り拡げ、肉のすぼまりに嘴管を突きたててもらう早苗。その間も有紀は圭を深く犯して腰を使っている。

「三人ともウンチのお洩らしするのよ」

圭が限度に達しそうになるのを待って有紀はディルドオを引き抜いた。すばやく下着をもとどおりに引き上げる。

圭は顔を濡れたゴムの床に押しつけるようにして、赤いショーツに包まれたヒップをくねらせて悶えた。

「圭ちゃんが最初よ」

二人の女はそれぞれ濡れた下着を秘裂に食いこませるようにして前後に動かして楽しみながら、圭の排泄を待っている。

「あー、出ちゃう。いやだァッ」

叫びながら圭は噴射した。腸に注がれた二人の女の尿がドバッとショーツに包まれた臀部に溢れかえる。すでに三度の浣腸で洗浄されているから、汚れはほとんどない。注がれたものがそのまま出てくるだけだ。

「わー、素敵」

「お洩らし圭子さん、最高だわ」

二人の女は並んで仰臥していたが、手と足で胴体を支えるようにして臀部を持ち上げ、下着をつけたまま噴射した。淡黄色の液体がショーツを汚し、床に滴り落ちてゆく。ブリブリと音をたてているのは有紀だ。彼女はまだ便を排泄していなかったからだ。

「あーっ、恥ずかしい。見ないで」

便がショーツの底に溜まって、重みで布地を垂れ下げる。その間から褐色の塊が二個、三個と落ちてくる。イキむたびに尿もジョーッと洩らしてしまう。

「何を言ってるの。私たちだってちゃんと見られたんだから、あなたもしっかり出して」

「はい、出します」

ぶりぶり、ブチブチ。

盛大な音をたてながら健康な便を排泄する有紀だ。

——またホースの水が汚れを洗い流す。三人とも下着の下にまでノズルを突っ込んで、噴出させたものをきれいにした。

「うーん、最高だね、もうハイになっちゃった」

またスポーツドリンクを回し飲みしながら少し休憩。その間も三人は互いに抱擁したり接吻したり、乳房や性器をまさぐり合う。

「あの、今度は私も経験したいわ、温泉浣腸……」

有紀がねだった。

「そういえば、有紀ちゃんはまだだったのね、いいわ、たっぷり注いであげる」

ラシックスの効き目はまだ残っている。三人とも膀胱がまた苦しくなってきた。

「じゃあ、四つん這いになりなさい」

「はい、お願いします」

白いパンティを脱いで丸いお尻を丸出しにした娘が這う。

「先に私がしてあげる」

ディルドオを装置した早苗が、背後から、慎み深そうなすぼまりに挑みかかった。

「うっ、うーっ……む」

最近の有紀はあまりアヌスを使って楽しんでいない。キシロカイン・ゼリーをたっぷり塗りたくったのに、ディルドオをすっかり受け入れるまでに時間がかかった。

「入ったわ。じゃ、待望の温泉浣腸、いきます」

早苗が洩らし、圭が睾丸の部分を押し潰してやった。尿がジューッという音と共に有紀の直腸へと放射される。

「あー、うっ、ヘンな感じ、あああ」

自分も尿をバシャーッと床へ叩きつけながら、背筋をのばして呻く有紀。

「次は圭子ちゃんの番よ」

「ええ、いいわ」

圭はTバックショーツとレオタードショーツを引き下ろした。これまで圧迫されっぱなしで苦痛だった勃起器官が、ようやく解放されてブルンと鎌首を振って宙を睨む。

「やっぱり羨ましいわね、そういうモノを持ってるひとって」

早苗が呟いた。

「いきます、有紀」

声をかけてから臀たぶを割ってアヌスへと突きたてる。ディルドオで抉《えぐ》られた排泄のための通路は緩んで、圭の怒張をやすやすと飲みこんだ。

「あげます、私のおしっこ」

圭は思いきり放尿した。

「うー……こんな感覚初めて。ああー、何ともいえない」

女装青年の尿を腸に受けとめて、有紀は陶酔の声を洩らす。

「全部入れたわ。今度は私も楽しませていただくわ」

圭がズンと突くと、悦声のトーンが上がった。

「あーっ、いい、感じちゃう。圭子さん、もっと突いてぇ」

「いいわ、楽しませてあげる」

圭は抽送した。

「うっ、うっ、ウウーッ、あああ」

よがり声をあげる有紀を見て、早苗が呆れた顔をした。

「有紀ちゃんたら、えらく感度がいいわね。ひょっとしたら？……」

傍に膝をついて十九歳の女子大生の秘裂に指を埋めこんだ。

「な、なにをするの？」

「Gスポット検査。私は感じないんだけど、有紀ちゃんはあるんじゃないかな」

「うそ。Gスポットだなんて……」

「ほら、ここを押すと」

ジョーッとまた尿を洩らす有紀。

「あうっ、ヘン。あああ……いやあ」

圭は驚いて抽送をやめている。有紀の膣が収縮しているのが腸壁を伝わって感じられる。

「絶対あるわよ、この子。ほら」

早苗がかなり乱暴に指を動かすと、またジョーッと尿を噴射させながら有紀はイッた。

「あうっ、ヒーッ！」

ギュッと収縮したので圭も連動して爆発した。

「うおっ、あぁーあああ」

ドクドクッと射精した。

「やっぱりね、これ、Gスポット射精よ」

満足そうに告げた早苗。彼女は圭の顔に跨がってきて秘部を突き出す。木の芽のように突き出している肉核をねぶってやると、たちまちイッた。

有紀は白目を剝いて失神したようになっている。果てた圭が引き抜くと、精液を薄めた尿が、勢いよくドバッ、ブシューッとアヌスから噴出した。

三人はしばらく、体の汚れも気にせず、汚物まみれの床に倒れてハアハアと喘いでいた。

やがて早苗が立ち上がった。

「時間も遅いわ。お洩らしプレイはこれで終わりにして、あとは寝室で楽しみましょう」

――三人は全部脱ぎ捨てて体を洗った。圭のメイクを早苗は落としてやる。

全裸の三人は寝室のダブルベッドの上でもつれあい、二人の女は互いに圭の欲望器官をしゃぶった。

「よし、二人をかわるがわる責めてやる」

勃起した圭は、一足のストッキングを紐のように縒《よ》ってから、二人の女たちを後ろ手に縛りあげた。

早苗と有紀は、臀部を上に持ち上げて、並んで這いつくばった。二人の秘裂は充分に潤っている。

圭は二人の膣を交互に犯してやった。時計を見ながら三分ごとに抜き、別な女の膣へと叩きこむ。抉る。

三分ごとにそれが繰り返される。

「あうーっ！　うああ、うぐーくッ！」

三回目の挿入で、最初に有紀がイッた。それでも圭は堪えた。

抜いて早苗にぶちこむ。彼女もピンと背を伸ばすようにしてイッた。

「いいっ、いいあっわっ、うーっ！」

「うおお」

圭も吠えて、同じ年齢の美人薬剤師の膣奥にドクドクッと精液を噴き上げてやった。

三人はその夜、お洩らしプレイの仲間になることを誓い合った。

一週間に一回か二回、早苗の部屋に集まって、ラシックスを服用してから夜の更けるまで痴戯の限りを尽くす。

再び女装の快楽に目覚めた圭だが、女装は早苗のマンションでだけ行なうことにした。ふだん、自分の部屋や有紀の部屋で二人だけで楽しむ時は、ふつうの男と女だ。それにアパートの部屋は音が洩れるので激しく愛しあえない。だからお洩らしプレイも軽い縛りと責めを加えるぐらいだ。

圭を驚かせたのは有紀の変身ぶりだった。

失禁プレイで思い切り自分を解放するせいか、荒れていた肌が嘘のようにきれいになった。目はいきいきと輝き、明るい笑みがいつもこぼれる。内側の肉から若さが漲《みなぎ》って、皮膚から輝きわたるような感じである。道を歩いていても男たちがハッと振り向くようになった。

(セックスで充分に満足すると、女はこうも美しくなるのか……)

圭は感心した。その圭自身、毎日のように有紀を抱いて二度は射精しているのに、疲れもだるさも覚えない。活力が漲っているのが分かる。

（女たちのおしっこには、男を元気にする何かが混じっているんじゃないか）

そんなふうに思うようになった。


ある日のことだ。

「ちょっと面白いニュースがあるの」

調剤室の早苗から電話があった。圭の勤務が終わろうとする時刻だった。

「どんなニュース？」

「電話じゃ言えないことなの。よかったら今晩、有紀さんと来てくれないかしら？　彼女に関係のあることなの」

帰宅してから、学校から帰ってきた有紀に告げると、彼女も不思議がった。

「私に関係したことって、何なのかしら？」

二人で早苗のマンションを訪れると、待ち兼ねていた様子の美人薬剤師は彼らをパソコンのある部屋に案内した。

「これを見てほしいの」

パソコンの画面を見て圭はすぐに理解した。緑友会病院で使っている診療記録――カルテだ。

緑友会病院では、患者のカルテは電子的に記録されるようになっている。その日のカルテはすべてオペレーターの手で病院のコンピュータに入力される。医師も看護婦も薬剤師も、もちろん圭のような事務職員でも、特定のパスワードを使ってデータベースにアクセスすれば、患者の名前あるいは診察券に記されている患者コードを入力するだけで、その患者に関するすべての診療記録を端末に表示することができる。

「このパソコン、病院のホストマシンに接続しているのかい？」

圭は呆れた。診療記録は非常にプライベートなものである。病院以外の端末からアクセスできるのは、幹部に限られているはずだ。薬剤部の早苗がアクセス出来るものではないのだ。

「私はね、薬剤部長のパスワードを知ってるのよ」

早苗はケロリとして言った。部長は自分のパスワードを自分の端末機のキーボードの裏に書き留めてあるという。早苗は彼が端末機を起動するたび、キーボードをひっくり返して見ているのに気がつき、彼に与えられたパスワードを知ることができた。

「便利なものよ。これを見ていると、どんな患者がどんな診療を受け、どんな薬をどれだけ与えられているかすぐ分かるんだもの」

早苗はドラッグ・インフォメーション——薬物に関するデータベースにアクセスして最新情報を得るために自分のパソコンを使っているのだが、そのうち個人的な興味でハッカー的なことをやり始めたらしい。

「それはともかく、このカルテをよく見て」

そう言われて圭と有紀は画面に見入った。

患者の名前を見たとたん、有紀が驚きの声を発した。

「えーっ、笠井ゆり子⁉」

圭も驚いた。それは有紀の従姉の名前ではないか。小学生の彼女を性的に玩弄し屈辱と羞恥の刑罰を与えて面白がっていた、残忍な性癖をもつ少女だ。もっとも、あれから十年近くがたって、いまの彼女は二十四歳である。

「本籍地は福岡市、間違いないわ。これ、お話ししたことのある私の従姉よ」

「そうでしょ？　私もね、今日、外来患者の処方箋を処理するためにこの名前を見て、ピンと来たの。だから患者コードをメモしておいて、後でアクセスしてみたわけ」

「ということは、彼女は東京にいて、うちの病院にやってきたということか。ふむ……」

圭はすばやくカルテを一瞥《いちべつ》した。驚いたことに、住んでいるのはK市のはずれで、いま早苗が住んでいるS区との境に近い。このマンションのきわめて近所ということになる。

「婦人科の診察を受けているんだな。昨日で二回目。えーと、主訴は不正出血と月経不順か。内視鏡とX線の結果では異常がない。細胞診も問題ないと……プレマリンが投与されているな。これは卵胞ホルモン剤だっけ？」

「そう、結合型エストロゲン製剤、早くいえば女性ホルモンね。月経異常に投与される薬。これが出てるということは、外科的な異常はないとみていいわ。セルシンが一緒に出てるから、医師は自律神経の失調、あるいは精神的なストレスを疑っているんじゃないかしら」

「つまり、重大な病気ではないと……」

「ええ。だけど病歴欄を見て。おもしろいことが書いてあるから」

「おいおい、搔爬《そうは》しているじゃないか。十六歳の時に」

「高校時代よ。本人はそれ以来、生理痛と月経不順を訴えている。この後遺症が尾をひいてるようね」

有紀は呆然として従姉のカルテを眺めていた。十歳の時にゆり子と悠一の姉弟にいためつけられてから、ほとんど交渉がなかった。その従姉が、圭や早苗が勤務する病院の外来患者だとは何という偶然か。

「まぁ、芙蓉テレビアナウンス部。アナウンサーなのね」

有紀が呟いた。勤務先にそう書かれていたからだ。

「そうなの。私は調剤室から出て、薬局の窓口で見ていたら、受け取った本人はすっごい知的な美人だったわ。それで思い出したんだけど、芙蓉テレビの朝のニュースショーに出ているわ」

「そいつは知らなかった」

「私も」

有紀はほとんどテレビに興味がなく、ニュースショーなどあまり見ない。

「ねぇ」

早苗は二人に言った。

「ちょっとした計画があるんだけど……」

それは悪魔的な計画だった。

# 第九章　誘拐犯

その日の昼近く、笠井ゆり子は、緑友会病院での診察を終え、駐車場に置いてあった自分の車――赤いミニ・メイフェアに乗って自分のマンションへと戻った。

車に乗ると、かけていた素通しの眼鏡を外す。やっぱりニュースショー番組に出ているアナウンサーだと知られたくない。受診しているのが婦人科だから中絶の噂をたてられかねない。

（あの医者も、特に異常はないというんだけれど……）

ここで三回目の診察だ。入念な精密検査を繰り返した結果だから嘘ではないだろう。

「お仕事のストレスでしょう。もっとリラックスしてみてください」

婦人科の検査を受けるのはこれが初めてではない。数カ所の病院や医院を訪ねている。結果はいつも同じだ。しかしホルモンの投薬を受けても、不快な生理痛や不正出血、生理の不順はよくならない。肩がこったり腰痛に悩まされたりし続けだ。

（やっぱり罰なのかしら。悠一とセックスしたという……）

ふと、弟のことを思い出して、あわててそれを振り払う。彼のことは悪夢だ。

三分も走らないうちに自分のマンションに帰りついた。このあたりでは比較的高級な、八階建ての賃貸マンションだ。一カ月前にここを借りられたのも、芙蓉テレビがイメージチェンジに力をいれた朝のニュースショー番組のサブ・キャスターに抜擢《ばってき》され、特別手当てが支給されるようになったからだ。

俗に〝局アナ〟と呼ばれる社員アナウンサーたちは、何とか注目されようと努力し競争する。身分は安定しているが一介のアナウンサーでは給料も安く待遇も悪い。チャンスを得て人気が出れば、フリーになってキャスターやタレントへの道も開かれる。

芙蓉テレビに入社してから三年、ゆり子は血のにじむような努力を重ねてようやくライバルたちに差をつけてスポットライトを浴びることに成功した。その知的な美貌と抜群に回転の早い頭脳をフルに活用して。

彼女が出演するのは月曜から金曜。土曜も日曜も何かと取材や打ち合わせがあり、息を抜く暇もない。体の不調を理由に休みたい時もあるが、そんなことをしたらたちまち獲得した座を他のアナウンサーに奪われそうで、なかなか休めない。どうしても疲労が溜まる。神経が疲れているから熟睡も出来ない。医師の言うとおりストレスがたまっているのは事実だ。

マンションの地下にある駐車場にメイフェアを入れて、ゆり子はまなじりを吊り上げてしまった。自分専用の区画に、見たこともないグレーのアルファロメオが駐車している。

(どっかの部屋に来た客が入れたのね。もう!)

この駐車場には来客用の駐車スペースがないので、車で来た客が空いている区画に無断で入れることがしばしばある。

(管理人に文句を言わなきゃ)

舌打ちして、とりあえずアルファロメオの尻にメイフェアを駐《と》めた。ドアを開けて降りようとした時、ガレージの入口から二人の女性が姿を現した。

「あっ、すみませーん、今出しますす」

一人の背の高い女が声をかけた。用事を済ませて出てきたところなのだろう。

「困ります。早くして下さい」

キッとして睨みつけてやると、もう一人の女性がキーを持ってアルファロメオの運転席に乗りこんだ。声をかけてきた女性はメイフェアの傍にやってきて、再びくどくどと謝った。

「本当にすみません。すぐ済む用事でしたから、悪いとは思いつつ入れさせてもらったんです……」

ゆり子と同世代ぐらいの、知的な容貌の美女は、そこでゆり子の顔をまじまじと見て、アッというふうに口を開けた。

「あらッ、芙蓉テレビのニュースショーに出てらっしゃる方じゃありません？　キャスターの、あの……笠井ゆり子さん？」

　番組が始まって一カ月、ようやく一般にも顔が売れてきた。こうやって視聴者から自分の名前を呼ばれるのは悪い気持ちではない。思わず頬が緩んだ。

「ええ、そうですけど」

「うわ、素敵！　ここにお住みなんですか。サインしていただけません？」

「えーっと……いいですよ」

　自己顕示欲が強いから、将来のマルチ・タレントをめざしてテレビ局のアナウンサーになったのだ。サインを求められるのは人気者になった証拠でもある。

　ゆり子はその女性がバッグから取り出した手帳とボールペンを窓ごしに受け取り、開かれたページにサインしようとした。

　いきなりガーゼを口と鼻に押し当てられた。目が手帳にいった隙に、女性が胸元に隠していたそれを取り出したのに気がつかなかった。

「あっ、何を!?……うーっ……」

　必死になってガーゼを押しつけてくる手を押しのけようとしたが、すうっと意識が失せた。

アルファロメオに乗ってエンジンをかけるふりをしていた女性がやってきて言った言葉も、もう聞こえない。

「薬剤師っていい商売だなあ。クロロフォルムだろうが何だろうが、簡単に持ち出せるんだから……」

その声のトーンはまるで男のようだった。


ゆり子は意識をとり戻した時、自分は夢を見ているのだと思った。

よく夢の中で目を覚ましたら、それもまた夢だったという経験がある。床も天井も壁も真っ赤な部屋。そんな部屋が現実にあるとは思えない。

そんな部屋の中に転がされている自分を発見したら、誰だって夢だと思うだろう。

天井の明るい蛍光灯の光が、網膜に突き刺さるようで、頭がガンガンと痛む。意識はまだボーッとしているが、肉体の不快感がしだいにつのってきた。

体が動かせないのだ。まるで金縛りにあったように。息も苦しい。

(こんな夢、早く醒めてくれないかしら……)

呻きながら体を悶えさせるとあちこちの関節に痛みが走った。その痛みのせいで意識がずっとハッキリしてきた。ようやく、自分は夢の中にいるのではないことが分かった。

これは現実なのだ。

彼女は服を着たまま、弾力性のあるゴムのようなものでできた床に横たえられていた。両手は後ろ手に縛られ、二の腕、太腿、膝の下、足首がキッチリと細縄で縛りつけられている。つまり体は一本の棒のようにされている。これでは立ち上がることも出来ない。せいぜい芋虫のように体をくねらせて這い動くだけだ。

口の中には柔らかい布——たぶんガーゼが押しこめられていて、その上から包帯がぐるぐる巻きされて声を出せないようになっている。鼻から呼吸するしかない。

(何なの、これ！　誰がこんなことを⁉)

パニックが襲ってきて、ゆり子はひとしきり暴れた。しかし緊く縛られた縄は緩みそうもない。すぐに息があがって、ゆり子はぐったりとしてしまった。

その時になって、視野の隅に蠢《うごめ》くものを認めてギョッとした。

やはり一人の女がぐるぐる巻きに縛られて横たわり、包帯で猿ぐつわをされている。その女は情けなさそうな目で自分を見つめている。同じ洋服を着て。

(鏡なのね！)

正面の壁に大きな鏡がとりつけてあるのだ。

(なんて部屋なの？　こんな部屋に、どうして私が？……)

意識を失う直前の記憶が戻ってきた。マンションの地下駐車場で、グレーのアルファロメオが自分の区画を占領していたこと。すぐに二人の女がやってきて、一人の女が自分の素性を知ってサインを求めてきたこと。突然、顔に白い布を押しつけられたこと。奇妙に甘ったるいヘンな匂いがして……。

(麻酔薬を嗅がされたんだわ!)

再びパニックが襲ってきた。これは誘拐だ。あの二人の女は自分を誘拐するために、わざと駐車していたのだ。

最近は、裕福な家の家族とか重要人物とかに関係なく、誘拐は行なわれる。地方大学の教授の家など、金があってもタカがしれているが、もし芙蓉テレビが脅迫されれば、人気の出てきた美人アナウンサーのために何億でも払うに違いない。拒否でもしたら、社会的に指弾される。

(だけど、それにしたってヘンだ)

必死になってパニックを抑えこんだゆり子は、自分の置かれた状況を検討してみた。

いくら大胆な誘拐犯人とはいえ、マスコミの中枢にいるテレビ局のアナウンサーを誘拐するだろうか? あまりにも危険が大きすぎるような気がする。

では、誰が何のために誘拐したのだろうか。自分に恨みを持つものだろうか? 確かに局アナ同士の足の引っぱり合いは激しいが、誘拐までするというのはオーバーだ。

混乱している頭を何とか整理しようとしていると、ウィーンという音がして、鏡のある壁がスウッと開き、むこうに豪華なバスルームが見えた。

ゆり子は驚愕した。

（この部屋、特別に作られた密室なんだわ！）

たぶん入口はこの壁しかないのだろう。誰が浴室の奥にもう一つの部屋があると思うだろうか。ということは一種の牢獄ではないか。

「目が醒めたようね」

女が二人、入ってきた。ゆり子は彼女たちの姿を見てカッと目を剝いた。

二人とも今日の昼に、マンションの地下駐車場にいた女だ。

「ふふっ、何か怒ってるみたいねぇ、私たちを……」

背の高い方の美人が横たわっているゆり子の前に屈みこんできた。

誘拐される時、彼女たちはちゃんとした服を着ていたはずだが、今はシルクサテンのガウンのようなものを纏っている。しかし脚にはストッキングを穿き、ハイヒールを履いているのだ。

ゆり子はまじまじと二人の顔かたちを見すえた。

しかし、どうしたって誘拐をするような凶悪犯人には見えない。

背の高い、ソバージュをかけたロングヘアーの美女は、自分と同じぐらいの年齢だろう。目鼻だちのスッキリした聡明な顔をしている。

もう一人の、少し背の低い方は、ちょっと丸顔で、ロングのボブ。やや濃い化粧からしてクラブのホステスでもしているのかもしれない。しかし男好きのする美人である。東南アジア系なのかもしれない。年齢は最初の女と同じぐらいか少し下か。いずれにしても二十代半ばだ。

「誤解しないでほしいんだけど、私たち、ゆり子さんのためを思ってここへ連れてきたのよ。つまり、あなたの心身の悩みを解消してさしあげるためにね……」

(何よ、それ⁉……私に麻酔を嗅がせてこんな所に連れこんで、いったい、どういう気なの？)

大声で叫びたかったが、しっかり猿ぐつわをされていては不可能だ。ただフガフガという情けない呻き声しか出ない。

「これから私たちと一緒に、あることをして楽しむの。あなたは明日も休みなんでしょう。だから今夜は朝まで、いろいろ出来るわね。そうしたらあなたの体の悩みなんか吹き飛んでしまう。病院に行くよりも確実よ」

背の高い女がそう言った時、もう一人の人物が現れた。

また女性だった。

若い、二十歳前後の娘だ。彼女もシルクサテンのガウンを纏って、ハイヒールを履いている。

「お待たせ。あら、もう気がついちゃったの？」

床に転がっているゆり子を眺めて、嬉しそうな顔になった。

（誰なの、この子？）

誘拐なら主犯は男に違いないと思っていたのが、女ばっかり三人も出てきたので、ゆり子は混乱してしまった。

「ゆり子さん、私のことを覚えています？」

三人目の娘が傍《かたわ》らに近づいてきて、ゆり子によく顔が見えるようにしゃがみこんできた。

（えっ、この子……そういえば見覚えがあるけど……）

すぐには思い出せなかった。

「ふふっ、そうでしょうね、思い出せないのも無理はないわ。もう十年ちかくも前のことだもの。ゆり子さんや悠一さんと一緒に遊んだのは……ううん、違う。遊んだんじゃなくて、私は一方的に玩ばれたんだけど」

そこまで聞いて、ゆり子はようやく思い出した。頭を起こすようにしてマジマジと一番若い娘の顔に見入った。

「ぐ、ぐー、うぐく」

ゆり子の目に現われた驚愕を見て、若い娘はおかしそうに笑った。

「そうよ。思い出したでしょ。あなたの従妹の有紀です。別府橋に住んでいた」

(有紀が、こんな所で……いったいどういうことなの?)

ゆり子は頭がグラグラしてきた。有紀というのは親が軽んじていた叔父の一人娘で、ゆり子が中学三年生の頃、叔父夫婦が入院したためにひと夏、彼女を家で預かったことがある。一カ月か二カ月ぐらいのことだったが、その時、弟と一緒に彼女になにをしたかは、はっきり覚えている。

(これは……復讐?)

ようやくボーッとしていた脳が回転し始めて、ゆり子は初めて底深い戦慄を覚えた。

人を殴った記憶は薄れやすいが、殴られた記憶はなかなか消えないという。ゆり子たちにとってはほんの短かい間の、いささか常軌を逸してはいるが、たわいのない遊びだった。

しかし、いじめまくられた有紀の方は、ずうっと深く根にもっていたということはあり得る。ずっと機会を狙っていて、彼女がようやく一介の局アナからキャスターめざして這い上がりかけた瞬間を狙ったのなら、その復讐はまさに完璧だ。

（そんなバカな……）

ゆり子の顔から血の気が失せた。

有紀に対して行なったさまざまな虐待行為の数々をありありと思いだした。

利尿剤をこっそり服ませて失禁させ、嘲笑してやったこと。

浣腸して、目の前で排泄させたこと。

自分たちの尿を飲むよう強制させたこと。頭から浴びせてやったこと。

ゆり子、悠一共に口唇の奉仕を要求し、悠一などは精液をさんざん飲ませたものだ。

そして十歳の少女の幼い処女膜を貫くよう、悠一をけしかけたこと……。

今から考えればあれは強姦以外の何ものでもない。

緊縛、乳首に対するペーパークリップ責め、尻や腿へのスパンキング、肛門の拡張と凌辱……。

泣き叫んで許しを請う従妹に対して行なった、残酷で残忍な行為の数々が走馬灯のようにゆり子の瞼の裏に甦った。

ゆり子もあとになって「どうしてあの時、従妹に対してあんなに残忍になれたのだろうか？」と不思議に思うことがあった。

有紀の両親が退院して、有紀が自分の家に戻ったあと、少しばかりビクビクして過ごしたのは事実だ。有紀が叔父に言いつけて、怒った叔父が乗りこんでくるかと恐れたのだ。有紀は何も言わなかったらしい。安心して姉弟は、次の犠牲者を選んだ。

それは悠一のクラスメートの美少女だった。新しい生贄《いけにえ》が手に入ると、たちまち有紀のことなど忘れてしまった。

あれ以来、叔父の家のことなど気にしたこともない。有紀が東京に進学するとか進学したという話を聞いたような気がしたが、特に気にもとめていなかった。

「顔色が変わったわね、ゆり子さん」

傍から観察していた背の高い美人が、冷ややかな口調で述べた。

「むー、うっ……うー……」

猿ぐつわの奥から必死に声を出した。「説明させて」と叫んだのだが、もちろん意味のある言葉にはなりっこない。

「ずいぶん有紀さんとおもしろい遊びをしたようね。私たち、今度は立場をかえて同じ遊びを楽しんでみようと考えたの」

早苗はそう告げておいて、彼女の他の二人に言った。

「さあ、ユニフォーム姿を見せて自己紹介しましょうよ」

シルクサテンのガウンを脱ぐと、下は黒いランジェリー一式だった。レースを使ったソフトなハーフカップのブラ、ガーターベルト、Ｔバックショーツ。そして黒いストッキングに黒いエナメルのハイヒール。

「私は早苗というの。よろしくね」

バレリーナが舞台の上から観客にやるように、優雅にお辞儀をしてみせた。

隣の、やや化粧の濃い女性もガウンを脱いだ。彼女のランジェリーは赤だ。ブラとコルセットが一緒になったビスチェは赤いＰＶＣ――ポリ塩化ビニール素材のものだ。それに付属したサスペンダーが赤いストッキングを吊って、ヒップはフリルのついたショーツで包まれている。前の方はハイレグカットで秘丘をこんもり盛り上げているが、後ろの方はヒップの膨らみをぴったりと覆う。どうやら伸縮性のある素材を使っている。肩がやや逞しい感じがするが、ストッキングに包まれた脚線はスラリとしてダンサーのようだ。そして赤いハイヒール。

「私は圭子。よろしく」

ハスキーで少し野太い声。風邪でもひいているのだろうか。

次いで有紀がガウンを脱ぐ。

手足も胴も細く長く、乳房とヒップは丸く張り出している肉体には白いブラジャーとパンティ。ガーターベルトも白で、ナースのような白いストッキングを穿いている。ハイヒールももちろん白。

「あなたの従妹の有紀が、これからの遊びをいろいろ考えたの。たっぷり楽しんでね」

「じゃ、まず立たせて縛っちゃいましょう」

早苗がいい、三人の女が芋虫《いもむし》みたいに縛られて転がされているゆり子の縄をほどいていった。

「うがー、ぐが、ぐふうっぐッ」

両手が自由になったチャンスを逃すまいと暴れたが、驚いたことに圭子という女の力は強い。とうていゆり子がかなうものではなかった。どっちにしろ三人がかりなのだから、ゆり子が自由を奪い返すチャンスは万に一つもなかった。

「ジャケットは脱がしてもいいけど、スカートは穿かせたままの方がいいわね」

「そうね。スカートに拡がるシミというのも、なかなかいいものよ」

紺色のジャケットははぎ取られ、上は白いブラウス一枚、下は紺色のスリット入りタイトスカートという恰好で、ゆり子は二本の黒い柱の間に立たされた。

細縄が彼女の手首、足首を柱の上と下にある金属輪にくくりつけてしまう。

(これって、刑罰のための柱だわ)

ゆり子は戦慄した。

両手両足を左右いっぱいに拡げて、まるで何かの生物標本のように二本の柱に体を固定されてしまった。前面も背面も無防備な情けない姿だ。

脚を拡げた結果、ややミニのスカートは腿の上の方までたくしあげられて、肌色のパンティストッキングに包まれた形よい脚がほとんど内股の見えそうなぐらいまで露出されてしまった。

そのみじめな姿が正面の鏡に映っている。人気が出てきたばかりの美人アナウンサーはただ屈辱を噛み締めるほか、なす術《すべ》がなかった。

「では、お遊びを始めましょう」

抽斗から何かを取り出した早苗が近づく。使い捨ての注射器だ。中にはごく少量の、透明な薬液が入っている。

シリンダを押すとピュッと薬液が宙に飛んだ。

「うーっ！……」

ゆり子は恐怖に襲われた。彼女たちは麻酔薬まで使っているのだ。これがただの薬ではないと直観的に分かる。

「暴れるとかえって血管に傷がつくよ！」

圭子と有紀がゆり子の右腕を押さえつけてブラウスの腕をまくりあげた。ゴム管が上膊部《じょうはくぶ》に巻きつけられた。叱責されておとなしくなったゆり子の静脈に注射針が刺しこまれ、二十ミリグラムほどの液体が血管へと注ぎこまれた。

(何なの、この注射は?……)

ゆり子が疑っている間、早苗は別の薬をとりだした。赤いシールに入った白い錠剤。それには見覚えがあった。

(あれは……お祖父ちゃんが使っていた薬によく似ている。確かラシックスというおしっこの出る薬だったけど……)

セクシィなランジェリー姿の女たちは白い錠剤を順に口に含むと、互いに抱擁し、情熱的な接吻を交わした。その途中に喉が動く。互いの唾液で錠剤を飲みこんでいるのだ。

(この女たち、レズビアンなのだ……)

三人のレズビアンに自分は誘拐されたことになる。しかも、そのうちの一人は自分の従妹だ。

(つまり、有紀があとの二人を誘って私に復讐するため、誘拐を考えだしたわけ?)

しかし、その推測はすんなり納得できるものではなかった。有紀はそんなに行動的な少女ではなかった。

そのうち、三人の女たちが興味しんしんといった表情で自分を眺めているのに気がついた。何かが起きるのを待っているという表情だ。

「………」

（なんなの？）

女たちは薄笑いを浮かべたまま沈黙を守っている。

やがて彼女は沈黙の意味を理解した。急激に尿意がつのってきたのだ。

（あっ、これは……）

中学生の頃、悠一と二人でラシックスという薬を飲み、三十分ほども待っていると、今のような感覚が訪れたものだ。

さっと血の気がひいた。それを目ざとく察知した早苗が言った。

「そろそろ、おしっこがしたくなってきたんでしょう？　もう分かったと思うけど、注射したのはラシックスの二十ミリグラム注射液よ。知ってるでしょう。利尿剤よ。十分か十五分で尿意が激しくなるんだけど、あなたはその前に膀胱にだいぶ溜まっていたはずだから、五、六分で効いてきたみたいね」

（ひ、ひどい……なんてことをするの⁉）

ゆり子は気が遠くなりそうになった。彼女は二本の柱の間に磔《はりつけ》にされたような姿勢を強制されている。これでは、失禁するしかないのだ。

(やったわね、有紀……)

ゆり子は膀胱の内側からチクチクと刺しまくる尿意の針を必死に堪えながら、キッと従妹の方を睨みつけた。有紀は平然とした顔だ。

「どう、ゆり子さん? おしっこがしたくなったら、出したほうがいいわよ。でないと膀胱が破裂しちゃうかも」

——三分堪えるのが限度だった。

「うっ、むー、むうっっ、うーっ……」

さんざんヒップを揺すって苦しみ悶えてから、民放テレビ局の美人アナウンサーは尿意に負けた。括約筋が緩むと同時にパンパンに膨らんでいた膀胱から猛烈な勢いで尿が噴射された。彼女はパンティもパンストも、おまけにスカートも穿いたままだ。

(ああっ、もうダメ!)

ジョーッと尿を噴射させた瞬間、ゆり子はフーッと気が遠くなりかけた。

下腹とパンティのクロッチの間で湧き返った尿は、ほんの少しの繊維の隙間から滝となって溢れ出、股の間にジャーッと滴り落ちた。

「やったわね! 美人アナウンサー笠井ゆり子のお洩らしシーン。滅多に見られない素敵な姿だこと」

早苗たちは手を打って飛び跳ね、喜んでいる。ゆり子の頰を熱い涙が濡らした。

# 第十章　犠牲者

ループ利尿剤は、注射すると内服したよりずっと急激な効果を示す。

三十分ぐらいの間、ゆり子の膀胱はたえまなく透明な液を体内へ噴射させ続けた。

ジャッー、ジョーッ、ジョロジョー、ジョジョジョーッ。ジョロッ。ジョー、ジャーッ。

一度放水してしまうと、もう尿道にある弁が壊れたという感じで、あとからあとからと尿が出てくる。彼女の開いた脚の間からは、壊れた蛇口から洩れる水のように、ひっきりなしに尿が滴り落ちて水たまりをどんどん拡げてゆく。その量はゆり子に恐怖を与えるほどだった。

（いやだ、私の体の中の水が、みんな抜けてしまう）

ようやく効果が薄れて膀胱が空になると、それまで愉快そうにはやし立てていた女たちは、彼女を磔の体位から解放した。

といっても自由にしたわけではない。後ろ手に縛りあげ、床に膝をつく姿勢で一本の柱に背をつけるようにしてくくりつけたのだ。

やはり正面の鏡に、みじめな姿が映っている。気丈なゆり子だったが、それでも屈辱に堪えかねて、がっくり肩を落とし俯いて嗚咽《おえつ》してしまうのだった。

「さあさあ、泣かないで。これはまだ序の口。お遊びはこれから本番よ、ゆり子さん」

長いこと会わなかった従妹の有紀が彼女の正面に立ちはだかった。

（なにをする気？）

見上げたゆり子の目の前で、十九歳の女子大生はスルリと白いパンティを脱ぎとった。

（アッ！……）

ゆり子の目がカッと見開かれる。思い出した。浴槽の中でお洩らしした彼女に、弟と二人で何をしたか。

「イヤーッ！」

叫んだけれども、それは「グーッ」というアヒルが首を締められた時のような声でしかない。剃毛されてツルツルの秘部を突き出しながら、有紀は五歳年上の従妹の黒髪を鷲摑みにして仰向けにする。

「さあ、私のおしっこでシャワーよ」

ジャー！

透明の液体が勢いよく彼女の顔に浴びせられた。口で息が出来ないゆり子だから、どうしたって鼻から飛沫が飛び込んでくる。激しくむせた。

(やめて、ヤメテーッ!)

必死になって暴れるが、後ろ手に柱に縛りつけられているのだ、逃げようがない。何度も何度も、有紀の膀胱が空になるまで尿のシャワーを浴びせられた。ブラウスもスカートも大量の尿を浴びてぐっしょり濡れ、シルクのブラウスの下の肌を透かせてしまう。

「じゃあ、今度は私よ。美人で人気のアナウンサーにかけてあげられるなんて光栄だわ」

皮肉っぽく言いながらゆり子に近づいた黒いランジェリーの早苗も、股を開く姿勢で立ちはだかり、ショーツを腿の半ばまでひき下ろした。

彼女の剃毛している秘唇から、シャワーノズルから噴き出る温水のように尿が迸った。

もう思考力の失せたようなゆり子は呆然としてそれを顔に受けとめるだけだ。

ジャーッ、ジャーッ、ジャーッ。

二人から大量の尿をかけられたゆり子は、もうずぶ濡れだ。まるで池か何かに落ちたような感じである。

「さあ、圭子さんの番よ」

有紀が促すと、圭子という女が仁王立ちになって赤いショーツをひきおろした。その下にはもう一枚、ストリッパーのバタフライのような赤いショーツ。その前がこんもりと盛り上がっている。

（えーっ⁉）

さんざんショックを受けて思考力の麻痺していたゆり子だが、いきなり勃起した男根を見せつけられた時は、飛びあがりそうになった。

（この人、男だったの⁉）

「ふふ、驚いてるのね……」

圭子という名の女装青年は愉快そうに笑い、勃起したペニスの根元を押さえるようにして、ゆり子の体全体にかかるように放尿した。美人アナウンサーの全身は、もうすべての部分が尿にまみれてしまった。

ショックはまだ続く。

「まあ、おしっこでお召しものがぐしょぐしょ。気持ち悪いんだったら脱がしてあげるわよ」

三人がかりでゆり子の着ているものをはぎ取ってしまう。もう暴れる気力も失せた女の体からブラウス、スカート、ベージュ色のブラジャー、パンティストッキングが脱がされて、ベージュ色の上品なパンティ一枚にされてしまった。

「シルクのパンティね。さすが、売れっ子のキャスターともなると、下着も一般人とは違うのかしら。でも、こんなにおしっこまみれじゃ、シルクもへちまもないわ」

せせら笑った。

床にピンク色のエアーマットが敷かれた。ゆり子はその上に仰向けに寝かされた。両側から圭子と有紀が手足を押さえこんでいるので動けない。下腹を丸出しにした早苗が胸の上に跨がってきた。

「猿ぐつわを外してあげるけど、よけいなことをギャーギャー言わないのよ。あなたは私たちが命令した時だけ、必要なことを言えばいいの。でないと痛い目に遇うわよ」

脅かしつけながらぐるぐる巻きにしていた包帯を解き、口の中に押しこんでいて唾液をたっぷり吸ったガーゼを取り出した。

「あなたたち……」

ゆり子はなんとか彼女たちを説得しようと、警告を無視して口を開いた。その瞬間、思いきり頰桁《ほおげた》を張り飛ばされて目に火花が散った。

「言ったでしょ、許可なしにしゃべるなって!」

まなじりを吊り上げて叱責する早苗。その剣幕に度胆を抜かれて、いつもは男まさりでとおっているゆり子は言葉を失った。だいいち、こんなにひどく殴られたなんて生まれて初めてのことだ。ショックで呆然としてしまう。

「言うことをきかないなら、体で分からせてあげたほうがいいわね」

有紀が二個のペーパークリップを持ち出してきた。それをゆり子の目の前に突き出す。

「分かる？　昔、これの特別な使い方を教えてくれたわね」

ゆり子の目が飛び出しそうになった。泣き叫ぶ小学生の有紀を椅子に縛りつけ、ふくらみはじめた乳房の頂点にツンと突き出した可憐な乳首にペーパークリップを嚙ませて放置し、苦悶する少女が失禁するまで悶え苦しむさまを眺めて笑い転げたのは、他ならぬ自分なのだ。

「いや、やめて、あが……ぐ」

再びガーゼが押しこまれた。ドンと早苗が腹の上に座りこんだので、もうゆり子は身悶えも出来ない。有紀が椀型に盛り上がった形よい従姉の乳房の頂点をつまんだ。

「さあ、私たちの命令に従わないとどんなことになるのか、体で覚えてもらうわね」

頑丈なペーパークリップがパチンと音をたてた。薔薇色の乳首がガシッという感じで金属の口に咥えられた。

「うぐーッ！」

白目を剝いたゆり子が、ピンと背筋を反らして跳ねた。その気で構えていなかったら、早苗はふり落とされていたに違いない。それほどの激痛が電気ショックのようにゆり子の全身を駆け抜けたのだ。

「ぐ、ぎーっ、ぎぎうっ！」

暴れまくるのを三人が押さえこむ。

（痛い、痛いっ、やめて、外してーッ。乳首がちぎれちゃうっ！）

ゆり子にとって、こんな拷問は初めてのことだ。乳首がこれほどの弱点だとは知らなかった。

「どう？　どれだけ痛いものか分かった？　あなたと悠一くんは私に、毎日のようにこの責め苦を与えてくれたのよ。感謝するわ。おかげで忍耐心が養われたから……」

有紀が激痛に呻き哀泣する従姉の耳に囁きかける。彼女は容赦なかった。もう一方の乳首にもペーパークリップを噛ませたのだ。

「おぐー！　おおぐうがあぎゃぐうがッ！」

再びビンビンと跳ね躍る裸身。シルクのパンティの下でジョーと尿が洩れる。

「有紀さん、あなたってけっこう残酷なのねぇ」

早苗が呆れたような顔をして言った。

「さあ、分かった？　私たちの許可なくひと言でもよけいなことを言ったら、どんな目に遇うか……」

ゆり子の顔が凄い勢いで上下に振られた。有紀は満足そうな顔になってペーパークリップを外す。

「ということで、さっきの続き。あなたの喉の渇きを癒してあげようというわけ」

再び口中のガーゼを取り去ってから、早苗が宣言した。

「…………」

その意味が分かって、ゆり子は愕然とした。

(この女たち、私におしっこを飲ませる気なんだ)

しかし、それもまた、幼い従妹に自分と悠一がしたことなのだ。ゆり子は目の前が真っ暗になるような絶望感に襲われた。しかも、ひと言でも「やめて」とか「許して」とか口にしたら、またどんな痛い目に遇わされるか分からない。

ビシッ。

ゆり子はまた頬桁を張りとばされた。再び目に火花が散った。衝撃で脳震盪《のうしんとう》を起こすのではないかとさえ思った。子供の時から甘やかされて育ち、体罰を受けたこともないのだから、殴られるというのはショックが大きい。

「嬉しいだろう？　さ、言っていいわよ。嬉しいですって。どうぞ皆さまのおしっこを飲ませて下さいって……」

言わないとどんな目に遇うだろうか。恐怖に駆られたゆり子は、考える前に口走っていた。

「嬉しいです。どうぞ、皆さまの、お、おしっこを……飲ませて下さい」

言ってしまってから屈辱感に打ちのめされ、ワッと泣きじゃくってしまう。もう誇りも自尊心も木っ端《こ ぱ》みじんに打ち砕かれた。

「ほほ、そう言われたら飲ませてあげないわけにはいかないわねぇ」

早苗はそう言い、ゆり子の髪をひっ摑んでぐいと持ち上げ、その前に自分の下腹を突きつけた。

「さあ、口をアーンして。こぼしたらダメよ。ちゃんと飲むのよ。吐き出しでもしてごらん、あなたのクリトリスに煙草の火を押しつけてやるから」

いくら早苗でも絶対にそんなことはしない。出来るはずもない。だがゆり子には、早苗はそういうことを平気でやってのける、残忍な女に思えた。必死になって頷き、大きく口を開けた。早苗はそのど真ん中めがけて放尿した。

次いで有紀が跨がり、ゆり子は従妹の尿も飲んだ。最後に、勃起したペニスを握りしめた圭子が跨がった。

「私のをくわえるのよ。絶対に歯を立てないで……そう、そのまま」

美貌のアナウンサーの口へ肉根を押しこんでおいてから、圭子は放尿した。

「ふふっ、芙蓉テレビきっての美人アナ、今をときめく花形ニュース・キャスターの笠井ゆり子さんは私たちのおしっこを飲んだわけね。これでもう、あなたは私たちの奴隷よ」

有紀がそう言った。

(どうしてあなたたちの奴隷になんか……ここを出たら、警察に駆けこんでやる)

屈辱と汚辱にまみれながらも、最後に残っているわずかなプライドを、しかし有紀はいとも簡単に吹き飛ばしてしまった。

「さあて、あなたがおしっこを気持ちよさそうに洩らすシーン、私たちのおしっこをおいしそうに飲むシーン、うまく撮れているかな？」

鏡になっている壁を動かすと、向こうの浴室の中央に、三脚に載せられて赤ランプの点《つ》いているビデオカメラが姿を現した。

「ああーっ……」

ゆり子はひと目見て、すべてを了解した。彼女の屈辱的な失禁姿も、拷問を受ける姿も、すべて記録されているのだ。

ガックリと力が抜け、おいおいと号泣した。

三人の女たち――正確に言えば二人の女と一人の女装青年――は顔を見合わせて笑った。

三人の誘拐者たちは、ほとんど抵抗の気力を喪《うしな》ったゆり子を押さえつけ、シルクのパンティを毟りとって全裸にすると、股を開かせて秘部の繁茂にカミソリの刃を当てた。

すっかり剃毛されると秘唇の姿があからさまになる。少女時代から自慰と性交を繰り返したので、肉の花弁の形状はビラビラという形容が当てはまる。色素の沈着も経産婦のそれだ。

「ずいぶん使いこんだおまんこねぇ」

有紀は呆れたように批評した。

「さて、これから第三幕」

エアーマットは二本の柱の真ん中に敷かれて、ゆり子は後ろ手に縛られて仰向けにされた。両方の足首に縄が巻き付けられて、その縄の端が柱の天井近くにある環に通されて、圭子と有紀が両側からグイと引くと、「キャッ」と叫んだゆり子の両足はグーンと柱に沿って上方へと持ち上げられた。

最後は肩のあたりで体重を支えるぐらいまで逆さ宙吊りにされてしまう。しかも無毛の秘部を真上に向けて。

「なかなかいい体してる。よく引き締まって、ちゃんとダイエットはしているようね」

早苗は褒めた。実際、自分の体型を維持するため、ゆり子は欠かさずエアロビクスのスタジオに通っている。

早苗が蠟燭を持ち出した。ごくふつうの、停電の時に使うような白い洋蠟燭。それに点火してから溶けた熱蠟をひと雫、彼女の引き締まった腹部、臍《へそ》の近くへと落下させた。

「ウギャーッ！」

スリムな裸身が跳ね躍った。

「オーバーね、これぐらいでギャーギャー言ったら、あとでどうなることやら」

有紀は可愛い唇の端を歪めて言った。あの、おとなしく控えめな娘が、今は仕留めた獲物を前にして、どこから食べたものかと思案している肉食獣のように目を輝かせている。全身に活気が満ち溢れ、その姿を圭子に変身した圭は感嘆して眺めていた。

「よけいなことを言わずに、訊かれたことだけ答えることね。でないと苦しみが増すばかりだから。まず最初に、あなたの十六歳の時の堕胎だけど、父親は誰なの？」

その質問に、まるで鞭打たれたみたいにあんぐりと口を開けたゆり子だ。

「私がそんなことをしたって、どこから……」

その時、熱蠟が会陰部に落下した。

「ギャーッ！」

全身を跳ね躍らせて苦悶するゆり子。バシャーッと尿が飛び散った。

「バカね。よけいなことを言えばよけい苦しむって警告してるでしょ」

有紀がせせら笑う。

「うっ、ううっ、うー……」

嗚咽しながらゆり子は理解した。高校一年生の時に中絶手術をしたのは、親にも内緒だったのだ。そのことを打ち明けたのは、婦人科の診察の時だけだ。ということは自分が受診した病院の関係者から洩れたということになる。

（この女たちは、病院の職員なのか……）

そうだとすると、一般の人間はまず手に入れられない麻酔薬とか利尿剤を持っている理由も分かる。

（カルテを見たんだわ）

つまり自分の肉体の秘密を、彼女たちは余さず知っているということだ。

「さあ、言いなさい。言わないと今度はここに落とすわよ」

有紀が指で秘唇を拡げ、包皮をはねのけて敏感な肉芽を露出させた。

「やめてっ、そんなところを痛めつけないでっ、言うわ」

「何よ、その言い方」

熱蠟が秘丘の頂上に落下した。ゆり子はまたギャーとわめき、

「許してっ、白状しますから」

「言いなさい」

「悠一ですっ」

「やっぱりね。自分の弟と平気でセックスしてたんだから、当たり前といえば当たり前だけど……じゃ、そのあたりをもっと詳しくしゃべって」

嫌がる従姉の一番の弱点を熱蠟で責めながら、有紀は冷酷な尋問を続けた。

こうなると早苗も圭子も口を出す必要はない。適当にゆり子に尿を浴びせかけたり、臀部を平手打ちにしたり、乳首にペーパークリップを嚙ませてやって、有紀の拷問を応援してやる。

結局、ゆり子はあれからの姉弟の行動を逐一、報告させられた。


有紀という絶好のおもちゃを失ったゆり子と悠一の姉弟は、次の生贄を探した。

それは当時、中学二年だった悠一のクラスメートで、七尾美咲という美少女だった。彼女の家は父親がいなくて、母親は中洲のクラブでホステスをしていた。だから夜は彼女一人である。うまく言いくるめて自分たちの遊び仲間にくわえ、やがて有紀と同様、失禁尿奴隷に仕立てあげた。

最初は主導権はゆり子が握っていたが、美少女をいたぶる残酷な遊びを続けているうちに、しだいに悠一が姉を圧倒するようになっていった。

あまりにも残酷な責めを美咲に加えて、避妊も考えずに凌辱する。さすがにまずいと思ったゆり子がたしなめても、言うことをきかなくなった。

美咲はある夜、気が狂ったような悠一の責めを受けてショック死してしまった。かけられた尿が気管に詰まったのが原因だ。窒息するより先に心臓が停止してしまったらしい。

驚いた姉弟は、少女の全裸死体を近くの公園に投げ捨てた。さも通りすがりの暴漢に強姦されて殺されたように見せかけたのだ。

姉弟は自分たちの残酷な遊びをひた隠しにしていたし、外見は大学助教授の聡明な娘と息子だ。警察はまったく疑わず、結局、捜査は迷宮入りしてしまった。

ゆり子は弟の凶暴さを畏怖《いふ》するようになった。もとはと言えば自分が原因なのだ。そうやって人を嬲りものにする楽しさを教えたのは彼女なのだから。

（こんなこと、やめなきゃ……）

ゆり子はもう弟とセックスするのもやめようと決意した。

しかし、それを聞かされた悠一は激怒した。中二の弟はある夜、高二の姉に襲いかかり、さんざん凌辱した。

「これでどっちが主人か、おまえも分かっただろう」

弟はうそぶいた。ゆり子は何の避妊措置もとれなかったので、その夜の行為によって妊娠してしまった。

悩んだ彼女は友人たちにカンパを求め、専門の医師を紹介してもらって、親にも内緒で中絶した。医師の腕が悪かったのか、その後も出血がなかなか収まらず、腹痛や生理痛に悩まされて、ゆり子はそうとう心配したものだ。

以来、ゆり子はセックス恐怖症になった。断固として悠一をはねのけた。

さすがに悠一も姉を妊娠させたことで驚いたのか、二度と姉を襲うようなことはしなくなったが、その代わり、自分で犠牲者を見つけてきてサディスティックな欲望を満足させていたようだ。

ゆり子が東京の大学を卒業して芙蓉テレビに入社した年、悠一は二年間の浪人生活ののちに、ようやく東京のW大学に入学した。

父親は自分のメンツのために一流といわれる大学以外に進むことを許さなかったので、その間に悠一の心はさらにねじくれてしまっていた。上京した彼が一番最初にしようとしたことは、姉と昔のような関係に戻ることだった。

当然、ゆり子は厳しく拒否し、姉弟の関係は緊張した。

ゆり子は弟が訪ねてきても絶対に自分のアパートに入れなかった。そこで一計を案じた悠一は、宅配便の配達人を装って、ある夜、ゆり子の部屋のドアを開けさせることに成功した。パニックに陥ったゆり子はベランダに逃げた。そこは三階だった。悠一とゆり子はベランダの上で揉み合い、そのうちに悠一は誤って地面に転落してしまった。彼は頭部を激しく強打し、意識不明の重体に陥った。今でも福岡の病院で植物状態のまま人工呼吸装置のおかげで生きている。

「えーっ、悠一くんはそんなふうになっちゃったんだ……」

従姉の泣きながらの告白を訊いて、今度は有紀の方が呆然とする番だった。

悠一の転落は彼が酒に酔って戯れているうちに落ちた――という説明で周囲を納得させることが出来た。誰も実の姉に弟が迫ったとは思わない。

そのこと以来、ゆり子はなおさらセックスを忌避するようになり、彼女の美貌と才気に惹かれて言い寄る男たちをはねつけてきた。それには、生理の不順、生理痛などの悩みも影響している。

彼女も一人前の女性だし、仕事とのからみで肉体を提供することが得策だと思えば、イヤな上司にも抱かれた。しかし一度として快楽を味わったことがない。

「私、もう二度とセックスを楽しめない体になってしまった……」

ゆり子はそう言ってワッと泣きくずれるのだった。

　熱蠟の拷問によってゆり子の秘密を聞き出した三人の誘拐者たちは、困惑した顔を見合わせた。

「うーむ、因果応報というか自業自得というか。あんまり若い頃から、奔放なセックスを楽しむのは考えものだということかなあ」

　圭子——圭は呟いた。

「だけど、現在の肉体的な悩みは、すべて弟との性交、それが原因の妊娠と中絶、玩んだ少女の死、そして弟が植物状態になったことによる罪悪感から来ているんだと思う。それに最近は、さらに仕事のストレスが加わって、とてもセックスを楽しめる状態ではなくなっているのね」

　早苗が言った。彼女はゆり子の診療記録をつぶさに調べた結果、そういう結論に達したのだ。

「悠一くんは、自業自得だから仕方ないとして、こうなるとゆり子さんが可哀相ねぇ」

　意外な秘密を知って、これまでとはガラリ態度を変えて、ゆり子に同情的になってしまった有紀。

「方法は一つだけあるわ。ゆり子さんがこれからセックスを楽しめる体に戻るには……」

早苗が考え深げな口調で呟いた。

「えっ、どうするの？」と有紀。

「これよ。これを活用するの」

赤いシートに入った白い錠剤をつまみあげた。

「私たち、ラシックスやお浣腸でいろんなプレイをして、そのあとスッキリするでしょう。ゆり子さんにも、私たちと同じように楽しんでもらうの。効き目があると思う」

「なるほど。タブーに挑戦して、溜まったストレスをぶっとばすわけか」

圭は同調した。

「そうねぇ。私もここで早苗さんや圭さんと楽しんで、性格がいい方に変わってしまったもの。ゆり子さんだって変わるかも」

有紀も頷いた。

「じゃあ、もう一度やってみようか」

三人は互いの唾液でラシックスの錠剤を嚥下《えんか》し、自分たちの尿でゆり子にも服用させた。

「あなたは何が何だか分からないだろうけど、とにかく私たちに任せなさい。ここでされるがままになって、思いきり泣いたり叫んだりしてればいいのよ」

全裸のゆり子を再び後ろ手に縛り、床に頭をつけるように押さえつけ、臀部を持ち上げさせた。自分の穿いていたショーツを口に押しこみ、再び包帯で猿ぐつわを嚙ませてしまう。

早苗は圭を促した。

「温泉浣腸をしてあげて」

「いいとも」

勃起した器官を有紀がしゃぶって、さらに隆々と怒張させる。その間に早苗がゆり子のアヌスにキシロカイン・ゼリーを塗布し、指をグリグリと動かして入念にマッサージを施す。

中学、高校時代には悠一ともアナル・セックスを楽しんできた排泄器官だ。圭の欲望器官は充分に受け入れられそうだ。

「いくぞ、笠井ゆり子」

尿意が押し寄せてくるのを待って、圭は挑みかかった。

（ああっ、何てこと。私が女装の男に犯されるなんて……それも肛門を！）

ゆり子の頭は真っ白になってしまった。まず苦痛が、次にズーンという圧迫感があって鏡の中の自分がのけぞる。全裸にされて後ろ手に縛られ、猿ぐつわを嚙まされた惨めな美人アナウンサーが、美しい女装の青年に肛門を凌辱されて悶える。

しかし、先刻までの屈辱感はなかった。

この三人の不思議な連帯感の中に、いつしか自分も包まれていた――。

月曜朝六時。

芙蓉テレビのニュースショースタッフの控え室に、サブ・キャスターの笠井ゆり子が入ってきた時、メイン・キャスターやプロデューサーらは少しびっくりした。

「おはようございます！」

元気いい声だ。全身に生気が漲っている。

最近、めっきり疲れが見えて、トチったりミスが増えてきたゆり子を気にしていたスタッフたちは、みな目をみはった。二日間完全休養を与えたのがよかったようだ。

「やあ、コンディションはよさそうだな」

「ええ。みんながストレスが溜まっているというから、ちょっと特別な発散の方法を試してみたんです」

笑顔で答えるゆり子。男たちは眩《まぶ》しそうな顔で彼女の顔と肉体を眺めた。こんなにイキイキとしている彼女を見るのは久しぶりだ。

朝八時からのニュースショーは順調に進行し、九時半に無事終了した。今朝のゆり子は目立つミスを犯さなかった。

「よかったよ、ゆりちゃん」

番組の全責任を担っているプロデューサーがフロアに降りてきてゆり子の肩を叩いた。

「どんなストレス発散法か知らないけど、ずいぶん効果があるみたいだな。よかったら教えてくれないか」

冗談めかして訊かれたのを、美人キャスターはサラリとかわす。

「これぱっかりは教えられません。言っても信じないと思うし」

「まさか……何かの宗教と関係ないだろうな」

プロデューサーが心配そうな顔になる。これからバンバン活躍させようと考えているスターアナウンサーが妙な新宗教に凝られたりすると、厄介なことになる。

「きゃはっ、それはないですからご安心を」

ゆり子は女性用のトイレに行き、個室に入ってしっかりロックした。

いつもはタイトなミニスカートなのだが、今日は気分を変えてフレアスカートだ。丈は膝が隠れるぐらい。

それをたくしあげると、下はガーターベルトで吊られたストッキング。

「ふうっ」

洋便器を跨ぎ、パンティは穿いたままでふっと力を抜く。ジョーッというくぐもった音がした。

しかし、下着からは尿が洩れてこない。溢れた熱い液体は股間からお尻までびっちょりと濡らしていたが、一滴も外に洩れ出さないのだ。

これは早苗がくれた特殊なパンティなのだ。

「NASAが特別に開発した失禁用のショーツなの。宇宙飛行士って、打ち上げの時にすごいGがかかるから、どうしても応力性の尿失禁になるのね。つまりギューッという圧迫でおしっこを洩らしちゃうの。そこで男でも女でも安心できるように、こういうお洩らし用の下着を開発したのよ」

特殊な吸水性に富んだ繊維が何層にも重ねられて、股のところは特別な伸縮性のある布地で肌との間に隙間が出来ないようになっている。おむつと言ってしまえばそれまでだが、見た目にはふつうのパンティと変わらない。彼女のは女性用だが、淡いピンク色のそれは着替えをしている時に見られても、そんな特殊なおむつだとは気づかれない。

実は、さっきの番組中、数回、ゆり子はわざとお洩らしししている。

ゲストの謹厳そうな経済評論家が景気の動向について話している時とか、来日した外国の政治家にメイン・キャスターがインタビューしている時とか、自分に注意が向けられていない時を狙って、チョロッ、チョロッと洩らしてみたのだ。聞き耳をたてれば微かに放水の音もするが、まず気づかれはしない。そして股や下腹をじっとり温かい液が濡らしてゆく感覚に思わず陶然となってしまった。

次第に大胆になって、最後にメイン・キャスターと並んで立って、カメラ――視聴者に向かって別れの挨拶をする時にも放尿してみたのだ。

だから終わった時、メイン・キャスターは言ったものだ。

「今日のゆりちゃんは、肩の力が抜けてて、ずいぶんよかったよ」と。

いまゆり子は膀胱の中の液体をすっかり失禁用ショーツの中に放水している。

(肩の力を抜いたんじゃなくて、尿道括約筋の力を抜いたんですよ。うふっ)

彼女のスカートの下で何が行なわれていたか、それを知ったらプロデューサーもメイン・キャスターも、いや、何百万人という視聴者も仰天するだろう。

彼らをだましている快感にゆり子は酔った。最後に失禁用ショーツを脱ぎ、それをビニールのファスナー付袋にしまった。

トイレットペーパーで丁寧に濡れた肌を拭い、持参してきたふつうのデザインのシルクパンティに穿き替える。その時、クリトリスが勃起しているのに気がついた。

(ああっ、オナニーがしたい。昂奮しちゃった……)

ゆり子はパンティの下に指を突っ込んで緩やかに、しだいに激しく指を動かした。そうやってオナニーをすることなど、最近はめったになかったことだ。

しばらくしてトイレを出たゆり子は、手近の公衆電話から緑友会病院へ電話した。

「はい、調剤室です」

快活な女性の声が応答した。

「薬剤師の松永早苗さんをお願いします」

「私ですけど……ああ、ゆり子さんね」

「そうです」

「よかったわ、私、出勤前に見てたのよ。番組」

それから声をひそめて訊いた。

「二回やったわよね」

「分かりました？」

「うん。フッと眉をしかめたり、ハアッと吐息をつくようにしてたから」

「本当は三回なんです。一番最後にジャーッとかなり……」

「それは見てなかったけど、えらいわ。スカッとしたでしょう？」

「ええ、すっごく」

「だったら、今度は番組の始まる前に浣腸してみたら？　失禁用ショーツじゃ無理かもしれないけど、特製のおむつがあるから……」

「えーっ、それはちょっとスタジオじゃ自信ないですね。でも面白そう」

「そうね、やっぱりあっちのほうは音がするから」

「野外だったらいいかな。今度、六本木ヒルズの屋上から実況でやる計画があるんです。その時、試してみようかしら」

「じゃあ、今度のレッスンの時、そのおむつを見せてあげるわ。少しルーズフィットの服なら、まず外見からでは分からないようになってるの」

「ところでレッスンですけど……あの、今夜も受けられないかしら？」

「ふふっ」

美貌の薬剤師は電話線の向こうで嬉しそうに笑った。

「あなたもすっかり病みつきになってしまったのね。お洩らしプレイに……」

「ええ。あの、温泉浣腸というの、とっても素敵です。二度目の時には入れられただけでイキそうでした」

「眠っていた性感が、タブーを蹴散らしたことで目覚めたのよ。とてもいい傾向だわ。それじゃ圭子さんや有紀さんにも連絡しておくから、夜にマンションの方にいらっしゃい」

「たぶん八時には行けると思います」

「いいわ。その時、レインコートの下には何も着けないで、ガーターベルトとストッキングだけで来てちょうだい。出来る？」

「すごく恥ずかしい恰好させるんですね。でも、言われたとおりにします」

そんな恰好で夜道を歩いてゆく自分を考えただけで乳首が勃起し、秘唇が濡れる。

「圭子さんと有紀さんはセーラー服で来させるわ。今夜はベランダでお洩らしというのはいかが？」

「ああ、考えただけで疼きます」

「でも、圭子さんが大変だな。三人にそれぞれ精液を与えなきゃなんないから、彼には精力剤を調合してあげないといけないわね」

早苗との電話を切って、ゆり子ははればれとした顔でスタッフ・ルームへと歩いていった。

(六本木ヒルズの屋上でおむつの中にお洩らしか。楽しみだわ)

この作品は一九九三年十一月フランス書院文庫より
刊行された『悪魔の羞恥刑』を改題したものです。

## 幻冬舎文庫

●最新刊
### 水没
### 青函トンネル殺人事件
安東能明

ファッションデザイナー・三上連は、少年の頃、ある人間を殺して青函トンネルの中に隠した。それから25年、パリで活躍する彼のもとに脅迫状が届く。帰郷した彼を待っていたのは……。

●最新刊
### 円満退社
江上　剛

東京大学を出て一流銀行に勤めるも出世とは無縁。うだつの上がらぬ宮仕えを三四年続けてきた男が、定年退職の日に打って出た人生最大の賭けとは？哀歓に満ちたサラリーマン小説。

●最新刊
### フリーランスのジタバタな舞台裏
きたみりゅうじ

サラリーマン生活にオサラバしたら、金なし・信用なし・未来なしの冷や汗生活が始まった。誰もが夢見るフリーランスの、これがリアルな舞台裏！　それでもあなたは会社を辞めますか？

●最新刊
### 愛するということ
小池真理子

恋愛。この苦しみからどうやって逃れようか。どれほど大きな悲しみ、猛烈な嫉妬、喪失感に襲われようとも、私たちは生きなければならない。快感と絶望が全身を貫く、甘美で強烈な恋愛小説。

●最新刊
### 宵待の月
鈴木英治

半兵衛は戦では右に出るものがいないほどの剣の達人。しかし、亡くなった家臣を数えては眠れぬ夜を過ごしていた。「生きたい」という想いと使命の間で揺れ動く、武士の心情を描いた時代小説。

GENTOSHA OUTLAW BUNKO

# 蜜《みつ》と罰《ばつ》

館淳一《たてじゅんいち》

平成19年12月10日　初版発行
平成22年11月25日　2版発行

発行人――石原正康
編集人――菊地朱雅子
発行所――株式会社幻冬舎
〒151-0051東京都渋谷区千駄ヶ谷4-9-7
電話　03(5411)6222(営業)
　　　03(5411)6211(編集)
振替00120-8-767643
印刷・製本―図書印刷株式会社
装丁者――高橋雅之



幻冬舎アウトロー文庫

ISBN978-4-344-41067-1　C0193　O-44-8